魔蟲人間 2

黑白

陳浩基

目次

*本作品純屬虛構，與現實的人物、地點及團體無關。

1

未亡人 I ・ 虎口

荻純拖著沉重的腳步，走進公寓大樓一樓的電梯大廳，按下按鈕。她回家途中一直心緒不寧，過馬路時好幾次差點被車撞倒，走進公寓時也沒留意到那個喜歡套近乎的夜班管理員不在座位上，只直愣愣地往電梯走過去。

她沒料到自己的處境是如此孤立無援。三個月前，她還是個揮霍度日、生活無憂的幸福女人，住的是豪華寓所，開的是歐洲名車，吃的是山珍海錯，羨煞旁人。她有一張五官精緻的漂亮臉蛋、一副不輸模特兒的高眺身材，玲瓏有致的體態讓她不管穿什麼衣服都好看，而且她擁有青春，年齡才不過二十六歲。更重要的是，她有一個愛她的男人，一個有財力和實力的男人。

唯一的瑕疵，是那個男人是黑道中人。

荻純一點都不介意。她本來就不是大家閨秀，高中時曾跟一些不良分子廝混，對她來說，「從事合法行業」從來不是構成「好男人」的條件之一。況且她的那個男人是黑道中薄有名氣的地區頭目，手下有四五十個小弟，比起她當年的男友，這位角頭大哥風光得多，可靠得多。

縱使荻純沒有正式的名分，她早被小弟當成「大姐」，道上混混就算沒聽過她的名字，也必定聽聞過「城南剛哥的美人妻」這名堂。人稱「城南剛哥」的田剛是道上的後起之秀，年僅三十二歲已有膽色跟一眾五六十歲的老狐狸周旋，而且他的地盤更是靠武鬥爭取得來；無論情況再惡劣、對手有多強悍，他都能一一克服，以寡敵眾對他來說猶如家常茶飯，他也從沒在打鬥中輸過。

不過三個月前他莫名其妙地失蹤了。

某天晚上剛哥說要買菸，獨自離開他和荻純同居的寓所，從此便人間蒸發。起初荻純和小弟們以為他被仇家暗算，可是「幹掉城南剛哥」絕對是值得吹噓的戰績，道上卻沒有人承認責任；接下來開始有流言說剛哥可能惹上麻煩，不得不瞞著手下和伴侶落跑，但警方沒有動作，只有黑道因為勢力失衡而亂成一團。

「搞不好他碰巧遇上變態殺人魔，正所謂道高一尺、魔高一丈。」某敵對的角頭曾打趣說道。近月城中發生了無差別的連續殺人事件，至今已有三名死者，不過受害者中沒有男性。

礙於身分關係，荻純當然沒有向警察求助，但剛哥的手下們完全沒能打聽到消息，在剛哥消失一個月後，大部分小弟都轉投陣營，或是被本來跟剛哥結盟的組織招攬，荻純更感勢孤力弱。雖然她從剛哥口中聽過很多江湖事、了解黑道形勢，但她一向沒插手「事務」，剛哥不在，她只能靠積蓄為生；而令她最難堪的是，她向其他和剛哥稱兄道弟的大哥求助，打探剛哥的去向，以及希望在剛哥不在期間鞏固原來幫派勢力，那些大哥都提出相若的條件。

「只要妳願意當我的女人，萬事可商量。」

荻純從來不是「黑道中人」，她只是「黑道中人的女人」，面對那些慈眉善目但心懷不軌的傢伙，她毫無招架之力，好幾次差點想屈服，唯一令她反抗的是「也許剛哥明天就回來」的信念。最讓她感到屈辱的是，那些大哥都很清楚她的身體狀況，仍恬不知恥地提出要她當情婦或玩物——剛哥失蹤當刻，她已懷有兩個月身孕。

這一晚，她頂著懷孕五個月的肚子，前往北部某豪華宅邸跟一位勢力龐大的老人見面。當田剛還未被稱為「剛哥」時，老人已很關照他，協助他在城南招兵買馬，二人關係匪淺。荻純本應一開始便向這位長輩求助，但她知道剛哥羽翼已成後跟老人不對盤，刻意疏遠，所以對方只成為荻純求救的最後手段。

她倒沒想到，比剛哥年長一倍的對方跟其他人沒兩樣。

「純，妳一個女人能做什麼？妳想代替阿剛繼續在城南打天下嗎？嘿。」老人嗤笑一聲，大口吸了手中的雪茄，再吐出濃濃白煙。「阿剛恐怕凶多吉少了……妳該很清楚，我們這種人就是躲不過腥風血雨，隨時有殺身之禍。我幫阿剛在城南站穩陣腳，本來就是希望彼此團結一致，共抗外敵……唉，年輕人就是自以為是。純，妳忘了阿剛來跟我吧，我保證妳生活安好，孩子也一定能好好生下來，往後的事我們再從長計議……」

雖然老人沒明言，但荻純從對方的眼神看到「往後的事」的真意。她以前跟不良青年交往，對方曾說過這是生物本能——強壯的雄性總會追求健美的雌性，嘗試繁衍更優秀、更強壯的下一代——可是她實在受不了用這種低層次概念去埋解男女關係。

剛哥在家裡藏了好些手槍和彈藥，放在臥室的抽屜裡，荻純想或許她只能硬起來，帶著槍彈和敵對的角頭談判，給僅剩的小弟證明自己有能力撐起剛哥遺留下來的事業，當真正的「大姐」。可是她一想到自己頂著懷孕的肚子舉槍殺進敵陣便覺得無比荒謬，畢竟自己又不是黑色電影的女主角，事情才不可能順利。

「叮。」

電梯到達五樓，荻純搖搖頭，嘗試將腦袋中的不快驅走。她離開電梯走進走廊，準備從包包掏出鑰匙開門，赫然發現寓所大門沒關好。她察覺時不由得眉頭一皺，因為她預約了鐘點服務，負責打掃和煮餐的女傭在她出門前到來，她說明工作內容後更叮囑對方一定要等她回來才可以離開。荻純猜想自己的指令猶如馬耳東風，對方離開時更忘記好好關門。本來荻純對這個樣貌帶點秀氣的年輕女傭印象不錯，現在她卻不禁想是不是除了自己之外，漂亮的女生都是不聽人話的。

然而她走進玄關後，卻發現弄錯了——女傭的一雙鞋子仍工整地並排在入口旁。大廳的電燈只亮了一盞，倒是通往臥室的通道傳來房間的燈光。

「啊……」臥室傳出微弱的呻吟。

剎那間，荻純驚覺這可能是好消息——剛哥回來了。身為黑道大哥的女人，她深明器量如何重要，凡事睜一眼閉一眼就好；而剛哥生性輕浮衝動，假如他回家看到香汗淋漓的年輕女傭，搞不好會直接硬來。在自己的臥室裡胡搞自然讓她抓狂，但此刻荻純不介意，她只求枕邊人平安歸來。至於事後的麻煩，用錢解決就好，畢竟這世道沒有錢不能解決的事。

「剛——」荻純三步併兩步、連鞋子也沒脫便衝進臥室。臥室燈火通明，然而眼前一幕卻跟她預想的不一樣。

鐘點女傭躺在床上，上衣被扯高，緊箍著高舉的雙臂和頭顱，被黑色胸罩包覆的豐滿胸脯正微弱地顫動，長褲則被扯下，內褲褪到大腿上——然而正常人看到這光景，才不會一一留意這些細節，或在乎床上那女性的衣裝如何。

介乎胸罩和褲子之間，是血淋淋的一大片。

女傭的肚皮被剖開，腸臟外露，鮮血將床單染成一片猩紅。製造出這場面的元凶正跨坐在受害者身上，兩手探進對方腹部裂口，粗暴地用力挖著，將臟器拉扯出來。

荻純走進臥室時的呼叫聲令施暴者霍然回頭，兩人四目交接，她曾經有一剎那以為那是剛哥——畢竟她這三個月來每天都期盼著情人沒預兆下歸來——然而稍一定神，她只看到一個滿手血腥的鬍鬚大漢，以異常的眼神直瞪著自己。

那是混合著敵意和殺意、野獸般的眼神。

荻純來不及反應過來，男人已從瀕死的獵物身上躍起，直撲荻純所在之處。血紅色的手掌猶如惡魔的利爪，插向荻純脖子，千鈞一髮間荻純身子失去重心，往後傾倒，僅僅躲過那雙幾乎掐住自己頸項的魔掌，男人卻因為餘勁撞向房門旁的抽屜櫃上。

快逃——荻純腦海中只冒出這兩個字。雖然制敵的武器觸手可及，但荻純完全失去自信，生物本能讓她知道這男人非常危險，錯誤的決定會招致死亡，唯有逃跑是上策。她匍匐轉身，狼狽地往大門跑過去。

「啪！」

男人撐起身體，以驚人的步幅追趕，眼見對方逼近，荻純倒急中生智，邊跑邊將客廳的桌椅拉倒，製造障礙物。她快要被擒住的瞬間，對方卻一個踉蹌被椅子絆倒，這為她帶來數秒的緩衝，拉開她和敵人的距離。她衝出家門，沒走進仍停在五樓的電梯，而是頭也不回地沿著樓梯往下疾走。她甚至忘掉身孕，雖然躍下階梯可能對胎兒有不良影響，但她直覺被那猶如惡鬼的男人抓到的話，她和孩子都活不下去。

「太太，怎麼了？」直奔到一樓大廳後，荻純遇上剛回家的一對中年夫婦，她認得對方是公寓住客，而對方也認得她是五樓的住戶。中年夫婦看到她從梯間慌張地走出來自然知道事情不對勁，而荻純在看到熟悉的臉孔後，心頭稍有餘裕，連忙回頭瞧向梯間，看看那男人是否已殺到。

不過梯間沒有半點聲響，她也不見那男人的身影。

「殺、殺人……」荻純結結巴巴地吐出這幾個字。

直至警方接報到場，荻純和鄰居們都待在一樓大廳，也截停了其他剛回家的住客。警察們在荻純家裡發現那慘無人道的女傭屍體，可是兇手卻不知所終——為了保險，持槍的警員們挨家逐戶搜索，卻沒發現那男人，反而在二樓梯間的窗戶上發現血跡，估計兇手在知道追不上荻純後，利用窗口逃離現場。

等待警察時，中年夫婦禁不住抱怨夜班管理員在這節骨眼偷懶摸魚，沒有盡忠職守，是薪水小偷；直至差不多午夜他們才知道錯怪了對方——壯碩的管理員被發現陳屍公寓後方的巷子，頸骨折斷，屍體被發現時俯伏地上，臉孔卻朝天。

據說警方認為那是兇手用蠻力從後扭斷的。

2

執法者Ⅰ・二課

宏志凝視著白板上的資料，咬著馬克筆，思考著每一步「棋」的可能。白板上寫滿密密麻麻的文字，還有好幾張被紅色磁鐵釘在板上的8R照片，以及幾份剪報。這是刑事二課組長宏志的辦公室，那片白板上的就是他過去三年一直辦理中的大案——白板正中央的照片上有一名頭髮花白的老翁，一般人可能不知道他是何方神聖，但二課上下都知道這傢伙是黑道四大巨頭之一，人稱「鯨鯊」的充爺。

宏志打算令四巨頭變成三巨頭。

雖然沒有寫進警方的內部文件，刑事二課專門負責對付黑道，這是刑事部多年來的分工傳統，沒有人有異議；而刑事一課就調查一切與黑道組織無直接關係的嚴重罪案，諸如謀殺、綁架、性侵、強盜等等。理論上，二課的工作比一課的更困難，對社會的影響也顯然是黑道相關的案子較重要，但世間的觀感恰恰相反，假如問警校畢業生想進一課還是二課，九成以上會答前者。

「真膚淺。」宏志曾經酒後吐真言，向下屬批評大眾對刑事一課的印象。二課抓捕黑道，搗破被黑幫操控的地下錢莊，一般人覺得事不關己，看到新聞時只會以一句「喔」當作回應，三秒後便忘得一乾二淨。可是充滿戲劇性、販賣腥羶色的殺人事件或性犯罪卻非常搶眼，記者們又愛加油添醬，電視名嘴更在所謂的評論節目說得眉飛色舞，這些案子自然成為大眾焦點。一課偵破殺人案，媒體接連多天報導，一課組長和成員曝光機會多，平民百姓更覺得他們是警隊菁英。

宏志不知道警方高層是否有意順水推舟，多年來一課就是「明星單位」，而且一課組長權力甚大，據說他能親自挑選組員；相反宏志每次都只收到人事課單方面通知，指示什麼時候需要調動人手，有哪些菜鳥要加入二課賺經驗，需要他提供升遷名單，讓有能力的組員晉升調職至其他更高級的崗位，留下空缺。

「為什麼我不能像一課一樣讓人才留任？掃黑不比其他案件輕鬆，對民生影響更大啊！」他有一次直接向上級反映意見。

「一課是特別的。」上級只聳聳肩，答了一個模稜兩可的答案。

縱使宏志感到氣結，他倒沒有氣餒，反而因此更奮發，企圖扭轉世間對一課二課的觀點。他今年三十七歲，擔任二課指揮官已有六年，三年前他認為時機成熟，便在會議上提出大膽的想法。

「我要改變黑道的勢力架構，消滅四大巨頭中的一人。」

他知道日常掃黑、查賭等等只是小修小補，大眾不會留意到警方打擊黑道的能力和信心，要幹便得幹一票大的。四大巨頭中最容易動搖的，是上了年紀的「鯨鯊」充爺。

宏志以為這計畫會被上級打槍，結果出乎意料，警方高層認為這是個好主意，讓他自由執行。他知道這任務艱辛，調查動輒需時三年五載，上司卻沒有意見，只叮囑他在對付充爺之餘，小心其餘黑道乘勢而起，削弱警方威信。

他很清楚，對某些身處高位的人來說，市民平穩的生活遠不如警察的招牌重要。警隊和一般企業沒分別，就像汽車公司，假如發現旗下產品的煞車系統有毛病，只要出事機率低於某數字，賠償給意外死者家屬的金額比回收修理的總經費少，公司便任由有問題的車子在路上跑——同樣道理，只要市民以為治安良好，心甘情願地納稅，哪怕有多少人被黑幫威脅逼迫，警方也樂於維持社會原貌，任由黑道橫行。

這個「獵鯊行動」開始了三年，宏志始終找不到用來起訴充爺的關鍵罪證。他手上的資料足以讓充爺手下的五個親信坐牢，也能關掉一半充爺控制的非法生意，斷絕對方六成收入，但他覺得沒能擒住主帥，解決多少個蝦兵蟹將也沒意思。他昨晚跟線民碰面，拿到一份名單，知道接下來可以調查哪些人，嘗試從他們身上敲出更多證據，但他也知道這些證據只讓他更接近核心，當中大概沒有能直接指證充爺唆使殺人、經營非法賭場及高利貸、脅逼自殺詐騙保險金等等的材料。

名單上的名字已被他抄寫在白板上，他就像觀察著棋局的棋手，思考著該動哪一枚棋子，先吃掉對手的兵還是主教，才能讓王暴露在己方的進攻線上。

「還是集思廣益吧。」

宏志放下馬克筆，伸了個懶腰，決定先沖一杯咖啡，準備在上午的二課內部會議中告訴部下們名單的事。他昨晚見過線民後沒回家，在辦公室過夜，反正他沒有家室，待在家裡也只會不斷思考案情，所以乾脆回警署，將資料寫上白板。他的辦公室有一張破皮的舊沙發，他擔任組長後，睡在上面的夜晚比在家中睡床安眠的次數更多。

時間是早上八點，除了宏志外二課只有三人上班，他們對組長再次在辦公室過夜已見怪不怪，看到組長從房間走出來，都只稍稍站起敬禮，然後繼續做自己的事。

「組長，早安！要我替您沖咖啡嗎？」一名年輕女警看到宏志拿著杯子，自告奮勇地說。

「不用，泉妳繼續忙妳的報告就好。」宏志微笑道，再指了指泉的案頭。泉是加入不到一年的新人，辦事勤奮，宏志知道她要趕緊寫好上星期調查混混恐嚇某校兩名國中生的報告，就擺擺手示意她不用在意。

經過走廊到茶水間倒過味道不怎麼樣的咖啡，宏志發現警署有點異常，明明只是早上八點，卻像平日中午那般繁忙，穿制服的、便衣的警員急步走過，有人捧著文件夾，也有人推著放映器材。

「外面發生什麼事？」回到二課辦公室後，宏志向部下問道。

「咦，組長您不知道？」泉抬頭反問，「您不是一整夜在警署嗎？」

「我一直待在房間裡，昨晚拿到新資料，待會會跟你們說。」宏志的心思仍放在充爺身上。

「昨晚殺人魔又出動了。」泉換上嚴肅的表情回答道。

宏志聞言不禁眉頭一皺。

最近數月，城裡發生數起異常駭人的殺人案，警方判定為同一凶手，是無差別的連續殺人事件。死者清一色是獨居的年輕女性，首名被害者任職護理師，晚上十點下班後失蹤，遺體翌日早上於一個垃圾場被發現；第二名受害者於兩週後遇害，死者於酒吧工作，凌晨兩點下班後沒回家，翌日屍體被棄置在該酒吧一個街口之外的巷子內。三週後，再有一名女性被殺，但這回更駭人聽聞，因為證據顯示犯人闖進死者的寓所，在對方的家中行凶。

這三起案件會被判斷為同一人所為，以及為何受大眾矚目，皆出於相同原因——遇害者除了是年輕女性外，更是孕婦，而她們都在死前——或死後——受到犯人的殘酷對待。

她們的肚皮被撕開，子宮遭扯脫，胎盤連胎兒消失，餘下一具腸臟散落、血肉模糊的屍體。

三名死者遇害時分別懷有六個月、四個月和五個半月身孕，而且三者都沒結婚。第一名死者的孩子之父目前仍然不明——有名嘴指一定是某醫生經手；而第二名死者則因為有多個性伴侶，不確定胎兒親父是誰；至於第三名死者傳聞是小三，鄰居指曾見過男人出入死者住所，但顯然他不是住戶。

這三樁案件令警方受到莫大壓力。發生一次是「個別事件」，發生兩次可以說是「巧合」或「模仿犯」，但發生三次就難以找藉口卸責。最麻煩的是第二起案子中兇手闖進死者家裡殺人，這令大眾——尤其是獨居女性——更感不安，不少懷孕的女性甚至紛紛致電議員或向官員投訴施壓。負責調查的刑事一課自然成為風暴中心，社會上開始出現聲音，質疑「菁英部門」是不是虛有其表的紙老虎。

宏志上個月曾在會議上見過一課組長泰士，對方臉上籠罩著一片陰霾，一向沉靜的他比平日感覺更難接近，彷彿正壓抑著滿腔怒火。當時第三起案子剛發生，宏志的上級也在會議中問及詳情，泰士只板著臉回答了一句話。

「一課會處理。」

平日二課成員都會羨慕一課盡得好處，近來卻反過來慶幸自己不是身處一課，面對如此棘手的案子，只感到束手無策。不過，二課成員倒有關心調查進展，私下經常聊及案情。

「你們說，到底那變態殺人魔為什麼要用這手法殺人呢？」某天偵破一樁黑道販毒案後，宏志在警署附近一家廣東菜館訂了位，當作給下屬的慰勞宴。喝過兩杯後，有成員隨口談及讓鄰課焦頭爛額的案件。

「呸，變態殺人哪用理由的？」另一人答。

「變態也有變態的理由嘛！我覺得凶手一定是被情人背叛，發現替情夫養孩子，走火入魔把所有孕婦當成仇人，要打掉孩子。」

「我覺得是性變態，那殺人魔一定是要看到子宮才能勃——」

「喂。」宏志打斷對方的話，再用眼神示意同桌有身為女生的泉，叫部下住口。

「組長不用介意，」泉反倒笑了笑，「我覺得這沒有什麼好避諱的，性變態的犯人的確存在，假如沒想像到這可能，反而不利調查啦。」

「不愧是創下加入刑事部最年輕女警紀錄的小泉，我敬妳一杯！」差點失言的刑警拿起啤酒瓶，給泉倒酒。

「小泉妳又有什麼看法？」另一人一邊夾過一片烤乳豬，一邊問道。

「我啊……我覺得可能是再簡單一點的，犯人取出胎兒，為的是吃掉。」

泉這話一出，眾人不禁對她的說法感到稀奇。

「吃掉？有那麼變態？」

「只是猜想啦。」泉對在一眾前輩面前大放厥詞顯得有點不好意思，提起酒杯喝了一口以作掩飾。「我們現在在吃烤乳豬，就是趁嫩吃，像人家說什麼『老魚嫩豬』，魚要老才肥美，豬要小才鮮嫩，說不定犯人是個有異食癖的變態，某天吃過『鴨仔蛋』後不能自拔，於是便犯案。」

「什麼是『鴨仔蛋』？」一個年輕的男組員問。

「一種東南亞菜式，把快孵化成雛鴨的鴨蛋連殼煮熟，然後敲開蛋殼伴以調味料，把汁液連羽毛和骨頭一併吃掉。」宏志平淡地說，發問的組員聽到答案後不由得吐了吐舌頭。

「對耶，中藥也有什麼『紫河車』，那根本就是人類胎盤，聽聞有些婦產科護士會把產婦分娩後的胎盤偷出來賣，小泉這講法也有可能……」

「你們可以面不改色一邊吃飯一邊談這種噁心話題還真厲害啦。」

「哈，當刑警當了這麼久，有什麼沒見過？」

眾人七嘴八舌，有人大讚泉能跳出框架思考，有人對這看法不以為然。

「我始終覺得不用深究變態的想法啦，與其思考動機，不如多看幾遍現場附近的監視器影片，多問幾個目擊者，縮小搜查範圍……」最先提出異議的組員說道。

「阿雄，我看你這一輩子也別想進一課，」發起話題的刑警邊為宏志斟酒邊說，「人家的做法科學化得多，我看一定用上了什麼ＦＢＩ犯人側寫技巧，當你還在跟死者鄰居問不著邊際的瑣事，一課的傢伙們已預測到凶手的外貌特徵了。我那天在警署食堂碰巧聽到兩個一課的成員在談這案子，說什麼分類作B04還是E04的，我看他們有不外傳的內部搜查技法，不是我們這些『凡夫俗子』能理解啦……」

那天的酒席上，二課眾人都猜一課即將破案，然而差不多一個月後犯人仍未落網，宏志更猜不到出現了第四名受害的孕婦。

「有沒有聽到詳情，例如凶手是闖進死者家裡，還是一般人發現屍體？」宏志啜了一口咖啡，再向泉問道。

「好像是跟第三起案子一樣，不過這回有兩點不同，首先是死者不是孕婦而是女傭，另外的……好像是大新聞。」

「大新聞？」

「聘用女傭的孕婦躲過一劫，看到犯人的樣子。」

宏志略微驚訝，但很快回復平日的表情。

「那麼一課的傢伙們應該很快破案吧。」宏志再啜一口咖啡，「他們不是省油的燈，假如有目擊證人的話，犯人插翅難飛。那案子和我們無關，我們繼續專注在手上的案子就好了。」

宏志和泉這時仍不知道，那個目擊證人其實跟他們的案子並非無關。

那線民的名單上，有「城南剛哥」這名字。

3

法外之徒 I ・ 故友

「阿石，我們有什麼好談的？」

「混蛋！你算老幾？不稱呼我們老大一聲黑石哥，還膽敢在此放肆？」

東區一家夜店VIP房間裡，黑道頭目黑石和鄰區新冒起的幫派首領阿六坐在兩端的沙發上，在幽暗的燈光下互瞪。夜店東家是阿六的堂弟，阿六是股東，而東區最大尾的角頭是黑石，按規矩阿六要在此地經營特殊行業，得先得到黑石首肯，偏偏阿六有心奚落對方，不但連知會也省下，還到處發放「東區黑石已經過氣」的傳言，故意不給面子。黑石沒有派人砸場子，反而在對方開張當天，親自帶了三個小弟前往祝賀。

黑石在東區黑道是名人，阿六私自開店亦是公開的祕密，所以黑石現身那一刻，在場不少人亂了陣腳，不知黑石有何居心。阿六也有所提防，不過黑石沒有動作，反而指示手下送上水果籃，阿六見獵心喜，猜想對方顧忌自己幫派人多勢眾，於是吩咐小弟帶黑石到VIP房，看看對方來意為何。

然而一關上房門，雙方便露出真面目，劍拔弩張，擺出沒有絲毫退讓的架勢。黑石故意坐在遠離房門的上座，暗示自己才是主人家，阿六見狀也不甘示弱，指示手下站在自己左右兩邊，就像屏風一樣擋在房門前。

「阿六哥，你跨區來這邊開店做大生意，怎麼鬼鬼竄竄不先告訴我，好讓我為你接風，打點一下環境？」黑石皮笑肉不笑地說。

「阿石，我們有什麼好談的？」阿六一臉輕佻，以嘲弄的語氣反問。

「混蛋！你算老幾？不稱呼我們老大一聲黑石哥，還膽敢在此放肆？」

黑石身旁一個叫阿正的小弟嗆聲罵道，阿六身旁的手下也紛紛起鬨，情況似是一觸即發。

「這是我的店，我才是主人吧？」阿六伸手示意手下住嘴，繼續以冷言冷語反擊。

「對，這是你的店，但東區歸我管，四大巨頭也承認這事實。」黑石平靜地說。

「嘿，想用四巨頭的名堂來壓我？」阿六朗聲大笑，「這世道奉行實力至上主義，弱肉強食，你黑石門下人數不足，今天被我侵門踏戶，有什麼好抱怨？我不介意在店子開張之日見紅，你現在不跪下來承認東區往後由我管，我要你走不出這房間！」

黑石三個小弟面面相覷，他們沒想到談判如此快便破裂，反而黑石表情依舊，緩緩從沙發站起。

「阿六哥，既然你認為我們沒有什麼好談的，那我們就回去了。」黑石像對阿六的威嚇充耳不聞，逕自往站在房門前的阿六手下走過去。

「你是人頭豬腦還是什麼？我說你要是不跪——」

阿六話沒說完，黑石一個箭步衝前，揮出左拳將阿六的一個手下擊飛，右手則探進旁邊另一個混混懷中，從外套裡抽出一柄半自動手槍，再將槍嘴抵住阿六額頭。

「住手！」

喊出這句的，是阿六。他不是叫黑石住手別開槍，而是命令手下不要輕舉妄動——有兩名小弟正要拔槍，但阿六在道上打滾多年，從抵住額頭的槍管上感覺不到半點猶豫，他很清楚手下一旦做出威脅黑石的舉動，對方會果斷地扣下扳機，再以一敵十跟他的手下們在狹小的房間裡火拚。

阿六此時才察覺他嚴重地低估黑石的實力和膽色。對方坐在不利逃跑的位置上並不是愚蠢，而是自信的表現；當他用語言作出威嚇，說什麼要對方流血收場之際，黑石已仔細觀察著自己的手下，盤算著如何發難奪槍，脅持自己。

「很好。」黑石微微一笑，手中槍卻沒有半分動搖，「阿六哥你很聰明，假如你沒下令的話，你額頭上已開了兩個洞。阿正，看看他們誰還拿了傢伙。」

阿六的手下眼見老大被抓住，只好乖乖聽話，紛紛繳械投降。阿正和另外兩個同伴搜出多三把手槍、五柄彈簧刀、一柄蝴蝶刀，以及一雙手指虎。

「阿六哥，你不是來開店的嗎？怎麼手下都全副武裝呢？你看，我和手下都空身前來，以表誠意嘛。」黑石故意拉開外套，讓對方看到自己沒有藏械。「我看這幾柄槍滿順手的，既然我們送上了水果籃，這些傢伙當成回禮也好像不太過分？」

「黑石你別得意——」

「我才沒有得意喔，阿六哥，目中無人的是閣下吧？你來我地盤開店賺錢，按江湖規矩向我請個安，我好有面子向手下交代，這不就兩全其美嘛？東區油水多，我不抽成又有什麼關係？可是你偏偏要找碴，捨易取難，那我就無法不跟你好好計一下。」黑石說話時，槍管稍稍遠離阿六頭顱，但槍口仍指向對方。

「你要什麼？」阿六怒目而視。

「這種場子，一般每月收九萬，我給你阿六哥面子，打個七折，實收六萬三。」

「哼！你以為你今天放過我，我便會乖乖付錢嗎？黑石你今天用槍指我頭，就是宣戰！」

黑石心想阿六雖然野蠻，倒是一條鐵漢，在這情況下仍不屈服，他本來想趁機削一下對方的氣焰，吸收對方的小弟。黑道除了講實力外還講傲氣，阿六寧死不妥協，在頭腦簡單的小混混眼中反而是英雄。

既然此路不通，執行第二方案吧——黑石暗忖。

「阿六哥，面子我給足你了，但你不領情，我只好來硬的了。」黑石揮出左手，攻向阿六眼前。道上人人知道黑石是地下拳王，他的左勾拳克敵無數，人家混黑道都在身上紋青龍白虎的紋身，他卻在左手腕紋了一雙西洋風格的翅膀，所以黑石又有「左拳天使」的渾號。剛才他一擊將一個混混打飛，在場眾人都親眼見識過他的實力，如今他揮拳襲向阿六，速度之快更是無人能反應過來。

不過，就連阿六也誤會了，黑石這一記並不是要襲擊他。

黑石左手拿著一支手機。他將手機畫面貼近阿六面前，阿六定睛細看，臉色頓時發青，眼神中的銳利消失得無影無蹤。

「你——」

「我現在就是要威脅你。」黑石語調輕鬆，擺出一派無賴的樣子，「你誓死保護的，我不費吹灰之力便能摧毀，你要跟我們開戰，我就讓你生不如死。現在你面前兩條路，要選哪一條應該很清楚吧？」

阿六一臉驚懼地瞧向黑石，黑石收起手機，雙方互望了數秒，阿六便點點頭，無奈地表示接納。他指示手下們讓路，親自挽著黑石的手臂，就像老朋友一樣送對方離開。VIP房外的人對先前的衝突毫不知情，看到阿六和黑石言談甚歡的樣子，阿六又畢恭畢敬地送別黑石，猜想他們化干戈為玉帛，談成了道上的合作。

「石哥，你到底用什麼威脅那個阿六？」阿正開車離開時，向後座的黑石問道。

剛才那手機貼近阿六眼前，除了阿六外，在場沒有其他人看到。

「有趣的東西。」黑石避而不答，滿不在乎地把玩著剛充公的手槍。

阿六的手下們之後也問老大相同問題，阿六只板起臉孔責備他們護主不力，然後命令他們往後絕對不能與黑石一夥為敵。混混們都猜手機上是老大的私生子照片，估計黑石暗示阿六跟他開戰，他就會讓老大的兒子死於非命。阿正也是這樣想，不過他倒沒留意過黑石哥有吩咐手下到鄰區探聽情報。

他們全都誤會了。

黑石手機中的照片，是阿六本人，阿六根本沒有私生子。黑石要傳遞的訊息很簡單，那照片非常不堪入目，道上硬漢阿六居然穿上了紅色的女裝內衣褲，被一個裸體壯男用皮鞭鞭打，而阿六臉上掛著一副爽得要死的表情。阿六要保護的是自己的尊嚴，黑石知道這照片一公開，對方便會成為黑道恥笑的對象，沒有小弟再願意跟隨。

人們都以為黑石是靠雙拳才成為東區角頭，實情他靠的是頭腦和調查能力。他心思細密人脈廣，刺探到大量祕聞，而他最聰明之處在於懂得善用這些情報，知道進退，永遠留給對手一個台階下。剛才他故意說什麼「來硬的」、「威脅你」，目的是要誤導阿六的手下，如此一來，未來阿六不敢造次之餘也能維持他的地位，黑石便不用煩惱阿六下台後又要跟新首領再糾纏一次。

「石哥，我們要另外對付阿六的堂兄嗎？說到底他才是店東，難保他不服氣，再生事端……」阿正說。

「不用管他，假如出狀況我再處理。」黑石認真地說，「那店東不是道上的，我一向說，局外人可以網開一面，給他一個機會。」

「明白了。」阿正點點頭。他除了佩服黑石的實力外，更折服於老大的器量。

車子來到東區公園附近一個路口，黑石拍了拍阿正的肩膀。

「我在前面下車就好。」黑石指著路旁說。

「我們不是要一起去吃晚飯嗎？」另一小弟問道。

「那傢伙提早出監，我沒空去接他也該探望一下吧？」

黑石跟手下分別後，先走一趟便利商店，再沿著公園旁的道路來到一棟破落的公寓。他避過在地上亂竄的老鼠，走上公寓牆外鐵造的樓梯，敲了敲二樓一扇木門。木門「咿呀」一聲打開，一個滿臉鬍碴的男人探頭出來。

「石哥？啊，石哥！」男人看到黑石，高興地打開大門。

「老吉，你還是老樣子嘛！」黑石提起便利商店的袋子，「我買了啤酒，還有便當。我猜你還沒吃過飯？」

老吉的家狹小寒酸，基本桌椅也欠奉，房間中央只有一張矮茶几，旁邊有幾個破坐墊；靠近窗邊有一台平面電視，雖然型號不舊但角落黑了一片，黑石猜是老吉從垃圾場撿回來的。

老吉讓黑石坐在坐墊上，二人席地而坐，黑石將吃的喝的放在茶几上，再從袋裡掏出免洗筷子。「前天沒去接你不好意思啦，這幾天有大事，分身不暇。」

「你老人家來探我，我已很感激了！」老吉一副痛哭流涕的樣子，邊說邊用開瓶器打開啤酒瓶蓋。

「呸，我又不是四巨頭，什麼『老人家』。」黑石笑道，「差不多四年了吧？在裡面辛苦你了。」

「不，不，我才是給石哥你添麻煩，都怪阿白那傢伙……」

黑石沒接話，只接過老吉遞過來的啤酒。老吉比黑石年輕六歲，外貌卻蒼老得像個四十多五十歲的中年人，黑石心想對方在牢裡吃過不少苦。四年前黑石仍未在東區稱王時，老吉和阿白是他小弟的小弟，負責販賣毒品，雖然關係上和黑石之間隔了一重，他們都很仰慕黑石。然而有天他和阿白捲入了離奇的殺人分屍事件，被警方通緝，躲了一個禮拜才落網。雖然最後撇清嫌疑，警察相信他們與案件無關，老吉卻因為先前的販毒罪名被提告，審訊後被判監六年。

「我也沒想過能提早假釋。」老吉喝了一大口啤酒，「也許運氣好吧，那些小鬼學人家玩什麼反政府抗爭，籠仔也被擠爆，不放我們這些老鬼出來，他們哪有空間放那些死小孩？」

雖然黑石知道這不是老吉獲假釋的理由，但他懶得道破。電視新聞正好在報導老吉口中的抗爭事件，一開始本來是一群網路駭客發起的運動，卻在不知不覺間蔓延到現實社會中。黑石記得那些駭客模仿某漫畫還是某電影的人物，載上面具，自稱「V怪客」或「V客」，宣揚無政府主義；後來一些示威抗議中有人同樣戴上面具，事情便一發不可收拾。電視正在轉播一個名為「V客避風港」的團體的記者會，講述他們如何支援被捕的示威者，揭發市政府的治安管理局如何以反恐為名侵犯個人隱私云云。

「你往後有什麼打算？我可以安排你去第十一街的酒吧工作，那邊欠一個圍事。」

「石哥，我打算洗手不幹啦。」老吉搖搖頭，「謝謝你一番好意，但我怕了，四年前入監時我就決定出來找份正當職業，過平凡的生活。阿白應該也一樣吧？他是不是退出了？」

「嗯。」

「就是啊。」老吉夾起一片雞肉，送進嘴巴，「見過那邪門的分屍場面，真的會改變人生觀……這年頭就是多這種鳥事，歹年冬厚痟人，我們這些混混反而像正常人了。」

老吉用筷子指了指電視，主播已講完V客的新聞，轉而談及孕婦殺人魔的消息。因為昨晚發生了第四起案件，殺人魔再度成為媒體焦點，但凶手似乎誤中副車，殺不成孕婦卻殺掉了女傭，螢幕裡的評論家們就此大抒己見，丟出一大堆似是而非的理論。

「聽說當年你和阿白想抓一個女生卻被打跑了，但女生被殺，所以你們惹上麻煩？」

「就說是阿白那小子見色心起……好啦，我承認我是有推波助瀾啦，反正心想臨近午夜還穿制服路過廢屋那邊，八成是陪酒小姐，誰想到是良家婦女。然後我們萬料不到半途殺出個小白臉，那傢伙強到逆天，我真的沒誇張，搞不好能跟石哥你一較長短。」

「有沒有那麼誇張？」黑石笑著啜了一口酒，他對自己的拳腳很有自信。「那傢伙應該沒那麼好打吧？能擊退你和阿白大概綽綽有餘，但你敢說能跟我平分秋色？」

「不是說笑，那傢伙一拳便打飛阿白，還打掉他兩顆牙齒！平平一個大學生模樣，怎知道有學過功夫……」

「等等，」黑石放下酒瓶，眉頭緊皺，「大學生？不是年紀比我大的男人嗎？」

「不是啦，是頂多二十出頭的青年啊。」

「我以為你說的是後來被條子抓住的那個凶手？」

「不，當時插手的不是那傢伙，跟我們幹架的是個青年。我和阿白躲在鄰鎮時也以為他是殺人凶手啦，後來我在苦窯有看到新聞，知道真凶在法庭上全招認了，還在獄中自殺。雖然有點奇怪，但我猜那變態在女生和大學生分開後才動手，甚至連那個男的也解決了吧？一地碎屍，天曉得是死了一個還兩個……」

黑石沉默不語，內心卻波濤洶湧。雖然這的確是他前來探望老吉的目的之一，但探聽到的消息未免過於震撼。

他一直對大鶇就是四年前殺害三名女性的犯人一事深感懷疑。

「黑道偵探」大鶇跟黑石認識多年，雖然並非深交，但黑石對自己看人的能力很有自信，知道對方是個可以信賴的人物。過去黑石委託大鶇調查的事都辦得妥當，而且他從來沒察覺對方有性暴力傾向——他知道大鶇有服用精神藥物的習慣，但他就是難以相信大鶇是個會強暴殺人分屍的變態。

問題是，大鶇在法庭上親口承認一切。那時候黑石也有去旁聽。

最教黑石想不通的，是大鵜在被捕前主動找他，向他打聽情報。當時他還將小弟意外拍攝到的凶案現場照片傳給對方。

假如大鵜就是犯人，為什麼要多此一舉找自己？是為了製造自己受委託調查的假象嗎？可是黑石是黑道中人，對方根本犯不著利用他做什麼偽證——他不可能提供證言給條子，條子也不會信納他的說法。另外，當年老吉和阿白被捕後，黑石有將小弟們打聽到的「老吉聲稱他們想抓女生卻被半路殺出的程咬金打跑」複述給大鵜；大鵜在法庭上認罪後，黑石曾以為他故意裝作不知情，或是像二流編劇才會寫出的「殺人的是另一個人格」之類的精神異常狀況，不過黑石就是隱隱覺得不對勁。

四年來，這疑問一直纏繞著黑石。他沒有打算追查，但矛盾感一直占著他內心一隅。近月孕婦被剖腹殺害的案件勾起他的回憶，碰巧得知老吉出獄，黑石就感到冥冥中自有主宰，上天要他多走幾步，調查真相。

「老吉，你說的那個大學生……他長什麼樣子？」黑石問道。

「誰記得了？光線又不足，本來就看不清楚。」老吉聳聳肩，「不過我猜是那女的男朋友吧？那女的投懷送抱，我可沒想到第二天她就變成屍塊……」

黑石沒打算為大鵜伸冤，但他感到一絲不安。假如大鵜真的是無辜，殺害那些女生的凶手另有其人，也就是說有一個分屍狂魔多年在逃，是社會的未爆彈。

「……我認為刑事一課必須增加調查的透明度，讓大眾知道更多案情，這樣子我們才能同心合力追捕這個變態殺人魔……」

黑石和老吉不約而同地瞄了電視一眼，畫面裡的名嘴正噴著口水花，指責警方在這案子上如何乏力。

「難道說，那爆彈已經再一次引爆了？」

黑石心裡冒起這不祥的念頭。

4

蟲 I ・ 法則

裕行嚥下最後一片肉，頭腦漸漸變得清晰，但內心的自我嫌惡感卻再度滿溢。

即使他已接受現實，明白自己不是人類，也只是按照這個物種的本能行動，他這幾年來每次進食，還是無法擺脫那種悲傷和矛盾的感覺。

四年前被刑事一課組長泰士拯救，將殺人罪名推給大鵯後，裕行一度堅持過「絕食」。雖然他無意識地殺死並吞吃了心上人和美，並且和刑事一課的同族們分吃了和美的姊姊由美，他曾嘗試反抗宿命，堅決不再進食人肉——但他的努力只維持了半年。

那時候，他發現自己無法再忍受，精神變得有點異常。

「給我吃。」泰士得知裕行的情況後，派部下阿鐵前往裕行家中探問，阿鐵一見面便從手提包掏出一條血淋淋的手臂，塞到裕行面前。

「我、我不想吃……」裕行雙眼滿佈血絲，臉色蒼白，身子不停打顫，口齒不清地說，「我、我要看看能、能不能克、克服……這一、一定是斷癮徵狀，就像戒、戒毒或戒酒一樣……」

「你他媽的給我吃！」阿鐵硬將肉塊塞進裕行口中，「我們才不想再處理 B04 事件！你再發瘋亂來，只會給我們添麻煩！要不是組長重視你，我早就揍你一頓……」

裕行不知道是因為阿鐵這句話，還是舌頭嘗到久違的血腥味，他心裡最後一道防線崩潰，身體無視大腦指揮，大口咬噬著那條主人不明的臂膀。

在裕行知悉身世後，他經常和泰士見面，了解他們一族的歷史和生活法則，以及這「異族」如何潛藏在都市之中，在不為人知的情況下攝食他們眼中的「牲畜」。經過泰士說明，裕行才發現原來這座有三百萬市民的都市，每天都有失蹤人口，只是一般人從不關心，無家者、繭居族、逃家少年少女、窮困的喪偶或喪親者，沒有人在乎他們死活。刑事一課除了為同胞解決麻煩外，更會主動提供情報，確保同類可以在沒有風險下進食人類。

「我們到底叫什麼名字？『吸血鬼』？『惡魔』？『哥布林』？」裕行和泰士第二次碰面時便問到這個基本問題。當時地點是泰士的家，泰士的妻子也是同類，裕行可以暢所欲言。

「那些只是人類的創作，我們沒有特定的名字。」泰士微笑道，「因為沒有名字，所以才能成為人類畏懼的對象，任憑他們想像，總之我們就是比他們高等的物種、支配他們的種族——據說先祖曾用『支配者』作為自稱，但已經過時了。」

然而裕行從來不覺得自己比人類高等。

他們體能上無疑比人類優秀，最弱的個體隨便出拳也有足以媲美重量級拳王的威力，復原能力更是超群，傷口癒合速度比人類快十倍，從四五樓的高度躍到地面，頂多只會稍稍扭到腿，不一會便痊癒——裕行之前被大鶇追捕時便親身體驗過。從這個角度來看，人類的確比不上這物種，但正如人類不及獵豹速度快、不比獅子凶猛，卻沒有人認同人類比獅子或獵豹低等一樣，裕行認為以此為理由認定他們是「支配者」，十分荒謬可笑。

最重要的理由是，他們這種族有一個致命弱點——他們進食人類並非嗜好，而是生理需求。

裕行從泰士口中得悉，他們必須定期吃人，原因不明。和雜食性的人類一樣，他們能吃其他食物維生，可是太久沒嘗人肉滋味的話，身體便會發出訊號，驅使他們狩獵。要是無視這本能反應，精神會出現異常，無法自控，甚至陷入恍惚，無意識地進行獵食。

裕行認為這才不是什麼「高等物種」、什麼「支配者」。他們必須倚賴數目比自己一族龐大八千倍的人類才能存活；人類一旦滅亡，他們只會失去理智，變成行屍走肉。將人類整體視作一個生物的話，他們這異族就是「寄生蟲」。

對，我們是「蟲族」——裕行在心裡自嘲。

更諷刺的是，裕行知道他們真的像那些寄生於蝸牛的雙盤吸蟲或鑽進鉤蝦體內的棘頭蟲一樣，能改變宿主的行為。他們和人類在結構上九成相同，唯獨脖子後方有一個隱蔽的孔洞，可以讓自己的血液化成一種會飛的棒狀小蟲，依據他們的意識飛行移動。泰士稱這東西作「使魔」，讓它們入侵人體，便能操控對方，使之變成奴隸——這在獵食或隱瞞他們的行為上有莫大幫助。

「我們的祖先不太懂使魔的用法，只將它們用在動物身上，所以才有『使喚黑貓的女巫』、『惡魔山羊』、『犬神』之類的傳說，但工業革命和全球化加速了我們一族的交流，原本少數人懂得的操控人類技巧也變得普及了。」泰士如此說明。

使魔進入人體後，會以類似病毒複製的模式侵占大腦各部位，並且分泌生物鹼，改變人類原有的生物機制，例如使免疫系統失效、阻截神經元訊號、對痛覺麻木等等，和被注射精神科藥物的效果類同。操縱者收回使魔後，被操控者身體裡的化學物逐漸消退，理論上人體會慢慢回復正常，但沒有族人在乎這一點，畢竟被操控的人類通常最後會變成食物——就像沒有獵人在意拔出箭頭後，獵物是否會康復一樣。

比起強壯的主人，像蟲子的使魔卻十分脆弱，就像蚊子只要輕輕一拍便能打扁，而且在使用上有其限制，一般族人一天只能從身體生產出一隻使魔，使魔在沒有入侵其他生物體內、維持棒狀小蟲的形態的話，也只能存活約二十個鐘頭。較有才能的族人能夠同時放出兩隻，但這不代表這個人有能力同時操縱兩個人類——

有此能力的族人說過，這就像雙手同時握筆寫兩段截然不同的文字，集中控制右手時，左手便會失控。

可是，裕行卻跟其他人不一樣，在泰士介紹的醫生檢查時，他一口氣放出七隻使魔，七條蟲子在診療室的空中飛舞，讓同族的醫生和護士看傻了眼。一般族人必須在場確認目標位置，才能指示使魔入侵，裕行卻甚至能透過那七隻使魔同時看到七種不同的影像、聽到七種不同的聲音。醫生認為裕行應該有能力同時操控超過多名人類。

這便是泰士重視裕行的原因。

在四年前的事件中，裕行向泰士透露了自己有看見和美的幻覺，泰士判斷他是稱為「異子」的變異例子，是「支配者的支配者」。泰士聽說過，歷史上這種異例曾為他們一族帶來災難，但同時也有成為領袖、帶來振興種族的革命的光榮事例。

禍胎與英雄，只是一線之差。

泰士有感他要好好栽培裕行，讓他率領全世界約一百萬名同胞，成為這片大地的真正主宰。

「我相信終有一天我們不用再偽裝成那些低等的人類，能夠堂堂正正地讓他們知道我們才是主人，要他們接受我們的統治。」泰士曾對裕行吐露心底話，「我們已逐漸在各國大大小小的機關掌握權力，滲透至每一個層次，只要持續製造混亂，讓人類認同放棄自由思想、被菁英管理才是幸福人生，假以時日我們便能成為真正的統治者，要他們順從地貢獻『糧食』給我們。」

「這不可能吧？誰會願意放棄性命？」裕行反問。

「人數比你想像中多得多。」泰士朗聲大笑，「只要放棄的是『他人』的性命就行了。」

認識泰士後，最教行裕震驚的真相，除了自己身為「蟲族」一員外，就是竟然有支持他們這些吃人怪物的人類，甘願當幫凶。有些人類對他們一族的內幕不單知情，更投入資金和人力支援，跟泰士的願景一樣，意圖打造一個由怪物統治的階級社會。裕行親自和一個「協助者」見過面，對方直言這是符合人性的選擇——人類本來就是利己主義者。

「我很贊成你們當家作主，這對我來說是最有利的吧？」那個穿高級西裝、猶如銀行家的中年男人說，「由人類或你們掌權，有分別嗎？我看沒有嘛。反正我這輩子也不可能成為王侯將相，我投資在你們身上，確保自己和家人成為僅次於你們一等的高級人類，擁有特權，不是相當划得來嗎？這世上人口過剩，與其讓那些遊手好閒的窮鬼持續製造糧食危機，不如將一些賤民送給你們進補，簡直是一石二鳥，共創雙贏啊。」

裕行無法反駁，即使他接受不了這種自私的觀點。

事件發生後頭兩年，裕行也有持續跟泰士來往，泰士幾乎將裕行當成義子，令一向敬仰泰士的阿鐵心裡不是味兒；倒是泰士和裕行之間也不太融洽，裕行一直不願意進食，總要拖到精神接近失控，才勉強接受泰士或阿鐵提供的「餐點」。泰士知道「異子」都是特立獨行的怪咖，初時還接受，只是日子一久也不免有微言，直指裕行這樣做十分愚蠢。

「別再弄出B04事件」成為阿鐵責備裕行的慣用句。刑事一課這套暗號，用於跟同族相關的事件：B01是懷疑案件與同胞有關，叮囑同僚提高警覺；B02是有同胞求助，或是需要封鎖情報、掩飾真相；B03是發現沒登記的族人，可能是從外地而來的同族，或是出現像裕行那種對自己是異類一無所知的年輕人，需要趕緊處理；B04則是嚴重事件，同胞失控吃人，而且死者或屍骸已經曝光。其實還有一項編號為B05的分類，泰士慶幸至今仍未用上——B05是同族吃人的過程以及身分被公眾知悉，人類發現並有證據證明他們一族存在。假如出現B05事件，刑事一課便無權單獨處理，而是必須由國家級——甚至國際級——的幕後操縱者才能解決。

阿鐵和泰士從來沒對裕行說的，是「別再弄出B04事件」的下半句話。

——「萬一變成B05便無法收拾了。」

裕行大學畢業後，輾轉換過幾份工作，最後成為自由攝影師，為報章或雜誌的記者採訪時拍照。他選擇這種沒有固定生活節奏、特定上班場所的職業，是因為他想遠離泰士。泰士也察覺裕行終究不是自己的兒子，無法強求對方依他心意而行，於是略微放手，任由對方自由發揮。他只跟裕行做了一個約定。

「不要餓到失控。你知道後果不只影響你，還有所有同胞，甚至包括那些你珍視的人類。」

裕行沒有反駁泰士說明自己並不「珍視人類」，他只默然點頭同意。阿鐵對裕行離開他的視野更感到高興，心想自己再度成為泰士的頭號栽培對象，對裕行的敵意也稍減，縱使他認為選擇「節食」的裕行是個虛偽無能的廢物。

裕行之所以會禁食，是因為他每晚在夢境裡跟和美、由美兩姊妹在不存在的草原上生活。他每次吃人後，都會勾起當天的可怕回憶，在幻覺中跟和美她們相處時，腦海中同時湧起吃掉她們的快感與愧疚，比起斷食帶來的精神失控，那種接近瘋狂的情緒更教他感到難受。他至今仍無法知道他是真的攝食了和美和由美的靈魂，讓她們寄居於他的身體之內，還是一切只是尋求自我安慰的幻覺，是他本能上阻止他瘋掉的保險絲。

沒有救贖——裕行知道，從他吃掉和美那一刻開始，他便注定要在地獄打滾，永不超生。

裕行理解到這個世界其實就是活地獄。「弱肉強食」這大自然法則，本來就是如此殘酷無情，攝食的暴虐、被攝食的恐怖，是構成自然的必要一環，生命就是如此。

「嬰兒的肉比成年人的可口。」無意識地，他腦海中冒出這種冷漠非人的感想。

裕行不由自主地嚥下最後一口人肉。他同時感受到身為攝食者的蠻橫，以及被攝食者的無力，一切都不如他所願。

5

執法者II · 齟齬

「阿雄，銀行那邊就由你跟進。充爺用作門面洗錢的空殼公司有十多間，即使他在非法生意上做到毫無破綻，現金流動總不能避免。線民提供的名單有三個會計師的名字，你可以先從他們入手……」

刑事二課的組長室裡，宏志指派任務給兩名部下。昨天會議結束，分配好工作，有兩名同僚正值休假，翌日上班，宏志便親自說明接下來的計畫。

「組長，線民的情報可靠嗎？」阿雄一邊接過文件一邊問道。

「不確定，但有比沒有好。」宏志聳聳肩，「充爺十分謹慎，城府又深，他麾下稍有叛意的小弟往往死於非命或人間蒸發，本來的情報就不多。」

「那我們只好將勤補拙了。」阿雄點點頭。

另一名部下因為被宏志指示翻查舊檔案，會議一完結便先告退，到分署聯絡相熟的警員。阿雄倒沒有著急，反而瞧了瞧上司案頭那個空空如也的咖啡杯。

「組長，不如我們先去吃個午飯？」阿雄問道。

「現在才十一點，不太早嗎？」宏志笑了笑。他一向跟組員親近，上下關係融洽。

「組長您沒吃早餐，只喝了黑咖啡吧？」阿雄指了指杯子，「今天警署人多，午餐時段點餐搞不好要等好久，我今早也沒吃過東西，正好吃一頓早午餐解決，省點時間。」

「這個……也對。你等我五分鐘，我先打一通電話。」

宏志很清楚阿雄指的「人多」是什麼意思。前天晚上才發生第四起殺人魔事件，今天仍有大量記者到警署追訪，加上一課傳喚證人到署偵訊筆錄，平日門可羅雀的警署食堂也會變成門庭若市，熱鬧非常。

由於時間尚早，宏志與阿雄在食堂找到個好位置，食堂經理剛好將午間套餐的菜單上架，二人也沒多想，點了常吃的招牌豬排飯。宏志和阿雄都不是老饕，對美食不講究，但警署食堂的豬排肉汁豐富，口感獨特，相當受食客歡迎，警署上下都知道豬排飯是食堂菜色首選，在沒想到吃什麼時點它就一定沒錯。

「聞說食堂合約今年便到期，真希望老闆能續約。」咬過一塊肉排後，阿雄說。

警署食堂合約一向是公開投標，由警務部甄選，畢竟事涉公帑，假如被媒體指責私相授受、黑箱作業，公關課的同事們又要頭痛。

「但我聽過經理說他們可能放手，因為利潤太少。」宏志回答道，「畢竟一年難得只有幾回像這幾天的『盛況』。」

「那麼說，食堂老闆就有動機犯下連續殺人案，目的是讓警署更熱鬧。」阿雄開玩笑道。他在組裡已工作了三年多，宏志知道他一向瞧不起理論派，是個堅持「用腳查案」的老派刑警。

「你昨天休假沒回來，也知道那案子的事？」宏志稍稍轉移話題。他認同老派實事求事的作風，但也認為靈活的想像力是一流刑警必備的特質。

「媒體報導超快，他們要搶收視嘛。」阿雄努努下巴，往掛在牆上的電視指了指。「商業機構重視業績，不像一課可以唱慢板，遲遲交不出成果，每月還是拿到優渥的薪水……」

「阿雄——」宏志本來想稍微訓斥幾句，要阿雄別說同僚壞話，但他赫然發覺麻煩業已造成。

刑事一課的阿鐵剛好經過他們桌旁，聽到對話，怒目瞪視著阿雄。阿雄也察覺到阿鐵，神情顯得錯愕，氣氛相當尷尬。

「你認為二課能比一課更快抓住犯人嗎？」阿鐵無視在場的宏志，以冰冷的語氣質問阿雄。宏志記得他們曾在警署舉辦的開放日中較量過空氣槍射擊，當時已結下梁子。

「我……我不知道，但我敢說一課目前做的仍不足夠。」阿雄頓了一頓，理直氣壯地迎擊對方，「就當之前三起案子都沒有證人，無法提供人像草圖，但你們不是有什麼『罪犯側寫』技術嗎？應該對凶手有多少眉目吧？可是一課至今沒有公開任何消息，甚至沒有呼籲民眾留意有某些特徵的人——假如我是平民百姓，很難不擔心吧？」

「一課不公開情報自然有一課的考慮，犯不著給你們這些外人說三道四。」

「你這說法——」

「阿雄，」宏志聽到阿鐵的回答，感到火藥味濃烈，連忙打斷部下的話，「一課的案子歸一課管，我們二課不插手，正如我們不容許一課干涉我們的調查一樣。你叫阿鐵對吧？剛才阿雄說過火了，不好意思，我想你也不好在這種場合跟外人談論案情吧？希望你們及早解決事件，請代我問候泰士。」

「嗯，明白了，長官。」阿鐵臉上仍掛著一副不爽的表情，但他深明對方比自己高階，不想忍耐也得忍下去。他很清楚自己和阿雄起爭執頂多被泰士斥責幾句，可是公然對高級警官嗆聲只會令他前途受損，升職無望。

阿鐵離開後，阿雄一臉慚愧，向宏志道歉。「組長，我一時氣憤，實在對不起……我大姊正在懷孕，她和姊夫都很擔心那殺人狂魔繼續犯案，所以我才忍不住……」

「沒事啦。」宏志微笑著搖搖頭，示意阿雄不用將事情放在心上。「你的焦慮我也理解，但正如我說的，一課的案子是他們的事。你放心，一課往績良好，我猜泰士他一定有什麼策略，搞不好早鎖定嫌犯，只是怕打草驚蛇才沒有公開。繼續吃飯吧！豬排放涼就不好吃了。」

雖然宏志表現輕鬆，心裡卻不無擔憂。他聽聞過一課的阿鐵是高官之子，那位現任局長更是一課以前的指揮官，和警隊淵源深厚，要是阿鐵向他老爸告狀，天曉得二課往後會不會被諸多留難，又或者阿雄會不會被公報私仇，給調職到某些爛崗位。

阿鐵好歹是一課的菁英，我未免太多慮了——宏志暗想。

飯後阿雄出發調查會計師的事，宏志跟他告別後，隻身回二課辦公室處理公務。一課和二課辦公室同在警署大樓十樓，宏志到二樓大廳等電梯，沒料到冤家路窄，電梯門一打開，便看到阿鐵和另一個一課的成員在電梯內。阿鐵只瞟了宏志一眼便沒有動作，反而他的同事則向宏志微微點頭示意，雖然臉上仍掛著一副撲克臉。

宏志點頭回應，踏進電梯後，才察覺他們身後還有一人——一個相貌姣好的女人。

即使沒有介紹，宏志也猜到那是誰，因為對方穿著寬鬆的裙子，腹部隆起，神情卻帶點不安，妝容也掩飾不了亮麗五官下的委靡不振。他沒料到那個從殺人魔手上逃過一劫的孕婦如此年輕貌美，心想假如記者拍到她的照片，一定會製造出另一場大混亂。宏志估計一課邀請證人到警署協助調查，為了防止媒體插手，泰士派人員開車接送，阿鐵則趕緊提早吃午飯，再到地下一樓的停車場接應，確保沒有外人留意到孕婦出入警署。

在電梯裡，宏志不期然地偷瞄那悲劇美人多幾眼。不過他不是貪圖對方的豔麗，而是覺得對方有點面善，卻無法想起自己在哪裡見過她。

「叮。」

電梯到達十樓，阿鐵示意讓宏志先行，宏志便輕輕點頭，大步離開電梯，回到二課的辦公室。孕婦證人的事他很快忘掉——正如他所說，一課的事歸一課管，他只專注於二課的案子——但半個鐘頭後他在組長室埋首閱讀文件途中，一陣急促凌亂的敲門聲響起，打斷他的思考。

「組長，麻煩了。」進來的是泉，她氣急敗壞，手上抓著一個文件夾。

「怎麼了？」

「您昨天吩咐我調查名單上的這幾個人，當中這個——」泉指著一旁白板上「城南剛哥」的名字，「——這傢伙已失蹤數月，不曉得是黑吃黑被充爺幹掉了，還是惹麻煩跑了路……」

「那調查下一個名字就好，有什麼問題？」宏志對這個剛哥有印象，對方在城南算是有點名氣。他有留意該區近月勢力洗牌，但既然沒出現流血紛爭，二課也沒必要插手跟進。

泉從文件夾取出一張照片，放到宏志案頭，宏志一看，也不禁愣了一愣。照片裡有一男一女，男的是城南剛哥，跟他親密地合照的便是他的伴侶荻純。

「這個女人叫荻純，是城南剛哥的同居女友，她——」

「她是前天殺人魔案件中倖存的孕婦。」宏志接過泉的話，眉頭一皺。

「咦，組長，您早知道？」泉大感錯愕。

「不，妳給我看這照片我才發現。」宏志摸了摸下巴，一副頭痛的樣子，「剛才我碰巧跟她和一課的成員們在電梯遇上，正想著我在哪兒見過她……」

宏志猜他以前在閱讀城南黑道的檔案時，八成曾看過荻純的照片或影片。了解到荻純的身分，宏志不由得產生一個怪異的聯想——殺人魔跟黑道有關嗎？然而這念頭閃過不到半秒後便被打消，因為宏志有看過之前三起孕婦殺人案案情，除了第二名死者因為工作關係，背景稍微複雜外，其餘兩名死者都和黑道扯不上關係，不見得她們的死會對某個大哥有利，或能藉此打擊某敵對老大。

更重要的是，黑道殺人用不著這種剖腹挖胎、猶如猛獸噬人的手段。

「組長，我們要追查這條線，就要跟一課要人，但這時候……」

泉的疑問正好切中問題核心。二課和一課之間本來就有瑜亮情結，在警署一向被視為競爭對手，一課在這起孕婦連續殺人案中栽跟斗，署內就暗傳「二課成員是凶手以外最高興的人」的玩笑話。在這節骨眼上二課向一課要證人協助調查另一案件，只會被視為落井下石，故意製造事端，拖一課後腿。

可是，宏志卻直覺地覺得，荻純或許能提供某些寶貴的情報，讓二課找到對付充爺的缺口。

「……泉，妳繼續原來的調查，城南剛哥和荻純的事我親自跟進。」良久，宏志作出決定。

「組長，您不怕……」泉欲言又止。

「你們應付不來。跟一課交涉不由指揮官出馬不行，責任我來扛就好。」宏志搔搔頭髮，苦笑道。

泉離開組長室後，宏志提起電話筒，正想按下一課的內線按鈕，心念卻一轉，從椅子站起來。

不親自跑一趟恐怕不太行——宏志暗忖。

「打擾了，請問你們組長在嗎？」宏志來到一課辦公室，向靠近大門的年輕刑警問道。對方看到二課組長親臨，顯得有點手足無措，支吾以對。

「組、組長正在會客……」刑警指了指房間另一邊的房門，宏志知道那是一課的會議室。

「那我在這兒等他。」宏志老實不客氣，拉過旁邊一張椅子坐下。

一課的成員無不對宏志行注目禮，有幾人交頭接耳，似乎不懂應對。即使二課跟一課有嫌隙，二課組長始終是高級警官，一課成員還是得給幾分面子——即使他們是「擁有特權」的一課成員。

等不了兩分鐘，一個略微年長的女警和同僚輕聲談了幾句，便走到會議室前，敲門進去。不一會，泰士步出會議室，望向坐在門口的宏志，二人只有數公尺的距離。

「泰士，打擾了。」宏志先開口，邊步近對方邊說，「有重要事情要麻煩一課協助……」

「抱歉，我們正著手重要的調查當中，我晚點再跟你討論。」泰士板起臉孔，語調冰冷。宏志從態度感受到對方承受著莫大的壓力，平日泰士身上散發的那股從容消失得無影無蹤。

「啊呀，其實正正跟你的調查有關……」宏志走到會議室旁，正好透過玻璃看到荻純和阿鐵坐在桌子兩邊，荻純仍是一臉困惑不安。她的視線越過窗子跟宏志對上，彷彿對能打斷「菁英中的王牌」一課組長泰士偵訊的人物感到好奇。

「怎說？」

「那位是荻純小姐吧？」宏志以眼神指了指會議室內，「我們這邊的案子正好要找她協助調查，我想一課也很清楚她的同居人的背景吧。我保證不會打擾你們，請你們撥一個鐘頭……不，半個鐘頭讓我們的組員跟她聊聊就好。」

「很抱歉，恕難從命。」出乎宏志意料，泰士很乾脆地拒絕。

「為什麼？」

「我們的當事人情緒不穩，而且她是我們這起案子的關鍵證人，從今天開始我們會進行二十四小時保護，確保她的人身安全。我已下了命令，禁止她接觸任何外人。」

「保護？為什麼？啊……」

「這是一課的搜查機密，讓你知悉這件事，我已經仁至義盡，算是給二課組長的特權。」

宏志沒想到自己出面也會碰一鼻子灰，只能怔怔地站在原地，然而泰士也沒有半分退讓之意，就像攔路虎擋在會議室門前，不容宏志親自對荻純說項。

「明白了。那麼，假如你回心轉意，請給我一個電話。」宏志努力讓自己臉色保持原樣，話畢緩步離去。他轉身時再瞥了荻純一眼，那年輕孕婦再度跟他對視，目送他離開。

走回二課辦公室期間，宏志覺得無法理解。

泰士有意留難，可能是因為工作不順遂，故意不給二課面子，維繫一課成員間的士氣；但他不知道對荻純下保護令的理由。孕婦殺人案不是無差別殺人事件嗎？殺人魔會再次針對逃去的獵物嗎？

宏志想到兩個答案。

第一個可能的答案是，這並非無差別的殺人案，前三名死者其實是謀殺，她們和荻純有某些關係。

宏志覺得這答案可能性很低，因為他出於好奇略讀過資料，壓根兒沒找到死者們彼此認識，或有共通的朋友或關係者的證明。

第二個答案機會較大。一課可能已從之前的案子中，找出死者的共通點，並且知道犯人不會放棄眼前的肥肉，上回誤中副車，接下來還是要殺害荻純。

「眼前肥肉」——這想法令宏志回想起當天二課組員們閒談案子的內容，泉指犯人可能是有異食癖的吃人狂魔。

他想起剛才透過玻璃窗看到荻純的倩影。荻純是一等一的美女，即使宏志這種硬派也不得不承認對方很有魅力；然而透過凶手雙眼，又會看到什麼？是肉舖裡放在玻璃櫥櫃中令人垂涎的精肉嗎？

宏志沒讓自己繼續想下去。他對投入惡魔的思考角度將一個準母親和孩子視作食物，感到不寒而慄。

6

未亡人 II ・ 陷阱

「小姐，請妳先在這兒等一下。」

剛回到家門外，荻純便被同行的其中一名刑警如此吩咐道。刑事一課派了一男一女兩名刑警貼身保護荻純，男警先進入室內，檢查過門窗沒有異樣、無人躲藏於洗手間或衣櫥後，才讓女警陪伴他們的保護對象進屋。

「犯人是有目的地剖開死者腹部，他上次弄錯了目標，一定會再次下手。」在一課辦公室裡，泰士如此對荻純說。

荻純很清楚那鐘點女傭的死亡是凶手出錯的結果。平日每晚那個時間，荻純都單獨留在家中，偏偏那天她為了求助去了那老前輩的家，而女傭的確和自己有著相似的髮型和身高，犯人沒看清楚以為對方是房子的女主人，並不出奇。

一課調查後，估計犯人是從正門進入住宅，但大門沒有被撬的痕跡，雖然有可能是女傭開門讓犯人入內，但也不能排除犯人利用門匙或萬能鑰匙開鎖的可能。公寓大樓本來有三個監視器，分別安裝在正門、電梯和一樓大廳，可是位於管理室的錄影系統被破壞，儲存影片的電腦硬碟不翼而飛，所以沒有任何有用的影像給警方參考。夜班管理員陳屍於巷子，不確定他是被犯人引離一樓大廳，還是巡邏時被伏擊，唯一肯定的是他還沒反應過來便從後被殺死。

管理員是四起事件中唯一被殺的男性，也是唯一屍體完好的死者，所以有聲音懷疑他與事件無關，只是巧合地在相近的地點被另一凶手殺害。不過，經過法醫檢證後，管理員的死亡時間恰好在女傭被殺前的半個鐘頭之內，加上監視裝置被毀，殺人魔先殺管理員、銷毀錄影證據、再到荻純家殺害女傭的流程比較合理。

女傭的死狀和前三名死者相同，從破腹的殘暴手法，可以推論為同一名凶手。刑事一課以防止有模仿犯以相同手法殺人增加調查難度為由，只公布了一小部分驗屍結果，但有記者偷聽到法醫方面指死者血液裡都檢驗出某種藥物反應，所以該記者所屬媒體將「凶手強迫受害人注射藥物再慢慢剖腹取胎」當成重點報導，令大眾更感恐懼。

「我們會分兩班輪流看守，十二小時一班，每班都有一男一女兩名警員當值。假如妳要外出，他們會隨行，確保犯人不會對妳不利。」

離開警署時，泰士向荻純說明。荻純的寓所有接近八十坪的大小，平日只有剛哥和她兩人居住，客用的空置臥室有三個，偶爾有剛哥的親信留宿，但剛哥一向討厭公私混淆——另一說法是，他受不了小弟們對大姐色瞇瞇的眼光——所以基本上只有他們兩人住，空間相當充裕。現在即使多了兩名外人，荻純也有足夠的私人空間，避開那兩個刑警的耳目。

她沒忘掉對方是刑警，而自己是黑道角頭的女人，縱使目標相同，立場上彼此總有差異。

寓所的主臥室在警方搜證後已解封，荻純亦已聯絡業者進行清掃，但她過不了自己心理的關卡，所以她回家後，選擇靠近陽台的客房當作自己的臥室。她壓根兒不想接近通往主臥室的走道，單單看到轉角的房門，便勾起回憶中那恐怖的一幕。

令荻純最感到恐懼的，不是那血肉橫飛的情景，也不是女傭震顫的殘軀，而是她跟凶手對上眼的一刻，她看到的那股瘋狂的殺意。她不是沒見過世面的天真小女孩，尤其成為剛哥的女人、深入黑道的地下世界後，她經常目睹弱者被凌虐、被殘酷地對待，膽子練得不小；但那凶手的眼神讓她本能地害怕，腦袋恍似在告訴她，儘管她自覺是狠角色，對方的殺意卻像漆黑的汪洋般，深不見底。

荻純不知道剛哥的失蹤對她的心理有多大的影響。這三個月來，徬徨的感覺愈發強烈，當肚子愈大她便愈心焦，不曉得孩子生下來後，會面對什麼困難——經濟上的、生活上的、育兒上的。這是天下間所有女性都會遇上的問題，不管身分地位，在失去伴侶、沒有支援下生產，都是難以克服的困境。

女傭被殺的一幕，大概成為了壓垮駱駝的最後一根稻草。

荻純坐在客房的梳妝台前，瞧向鏡子，彷彿看到一個陌生人，那是她不認識的自我——憔悴、不安、眼神游移不定。她拾起梳子，想好好梳一下頭髮，但兩天沒洗過的長髮打結，梳起來就是不順。她記得兩天前自己為了去見老人，特意好好打扮，裝出一副自信滿滿的樣子，也許是接連遇上挫折與意外，硬撐起來的氣勢一失，就連底氣也留不住，變成她昔日輕蔑的廢物的模樣。

荻純回家當晚無風無浪，翌日早上兩名刑警接班，也沒帶來什麼好消息。殺人事件打亂了荻純向黑道求助的計畫，如今有刑警貼身保護，她就更不可能約見其他老大，探聽剛哥消息和找金錢援助。

「我看組長這回策略錯誤了吧，在外面調查效率總比守株待兔好……」

「但比起在外面日曬雨淋，這邊是好差事喔。」

在房間裡，荻純意外聽到刑警們的對話。早上警員接班，荻純跟他們打過招呼後，她便回到客房，畢竟她沒心情聊天。新來的刑警對房子格局不熟，兩人站在陽台談話，不曉得陽台旁就是荻純房間的窗戶，碰巧荻純在窗邊透透氣，便聽到他們閒聊的內容。

「我從沒見過組長臉色這麼差，以前遇上的案子再麻煩，他都給人游刃有餘的感覺……但這次嘛，就好像完全看不到終點似的。」是男刑警的聲音。

「我對組長還是很有信心。」女警回答。

「昨天二課頭兒還要過來砸場子，我多擔心組長會當場大爆炸，唉。」

荻純想起昨天泰士在見面中途離開會議室，跟那個外表幹練的男人對話的情景。她沒聽到談話內容，但從兩人的身體語言可以看出雙方沒談得攏，那傢伙只能無奈離去。

「結果他來幹什麼？」女警問。

「好像是來要人。」

「要人？誰？」

「我們現在的保護對象嘍。」

荻純聞言稍稍吃一驚，差點發出聲音，但她忍了下來，沒被兩個刑警發現。

「咦？為什麼？二課要抓人？」女警同樣訝異。

「應該不是，」男警語調輕鬆，「妳也知道二課是專門對付黑道的吧，他們似乎要打『大鱷』，努力找能提供情報或證據的人。」

「對吶，她是城南剛哥的女人……組長沒答應二課的要求？」

「當然沒有。雖然其實答應也沒什麼關係，對方也只要求談半個鐘頭而已，但這時候組長就是不想節外生枝，難得目標再度現身，更意外地失手，那就不好放過機會，速戰速決。」

速戰速決——荻純對這說法感到意外。這就像說泰士確認犯人一定會再次襲擊自己。

「不過組長也真的太狠了，故意撒餌釣目標上鉤……今天他就會向記者公布假的犯人肖像和出沒地點，轉移視線，好讓目標以為我們調查方向錯誤，再次來這兒殺人吧？」

「所以妳和我要好好準備，支援車已在附近監視著，就算對方躲得過同事們的耳目，殺進本陣，只要我們能拖延一下，就能逮住那傢伙。」

「可是兵荒馬亂，我們自顧不暇，未必能保護那孕婦啊。」

「管她的，她來個一屍兩命又與我們何干？組長下令抓到人最重要嘛。」

「那倒是……」

荻純聽得出一身冷汗。她沒想過自己是泰士手上一枚用作犧牲的棋子。她小心翼翼地關上窗子，躺在床上，思考著自己的處境——失去剛哥、失去組織、失去財產都算了，如今竟然淪為條子用來邀功的道具，隨時可能失去性命，這已經到了不得不以行動自救的地步。

她苦思良久，終於在芸芸方案中挑出最能接受的一個，下定決心，拾起手機，給某個仍未投靠其他老大的小弟打一通電話。

「我要外出。」半個鐘頭後，荻純稍作打扮，離開客房，對在客廳無所事事的兩個刑警說。兩人隨即動身，跟隨荻純下樓，來到停車場。

「我自己開車。」荻純走到自己的歐洲名車旁，掏出遙控車匙，「你們坐你自己的車，這台車子從來不載我和剛哥以外的人。」

刑警們面面相覷，男警本來想提出異議，但被女警拉了下衣角，也就點點頭。

兩輛車子一前一後離開公寓，荻純緩慢地開著，她的注意力不是放在前方，而是後視鏡中跟隨自己的刑警身上。

車子駛經城南百貨公司旁的十字路口時，荻純看到號誌燈快轉紅色，立即踩下油門全速前進。刑警的車子趕不及通過路口，只能停在紅綠燈前，荻純的手機隨即響起。

「我在前面轉角的路肩等你們。」荻純對來電的男警說道。

荻純知道，她只有一分鐘的空間可以執行計畫。

「大姐，您吩咐我做的——」車子一駛到彎角便停車，一個站在路口、披著假髮的年輕男子趨前，正要跟荻純打招呼，荻純二話不說打開車門躍下車子，近乎搶奪地接過對方手上的另一支車鑰匙。

「別廢話，按我之前說的做就好。」

「明、明白了。」對方邊說邊坐上駕駛座，「另一件事情牛丸正在辦，他辦好會打給您另一支手機。」

荻純點點頭，走進旁邊一家便利商店，透過櫥窗玻璃看著刑警的車從轉角出現，再給假冒自己的小弟打手勢，示意他開車。看到兩輛車子一前一後遠離，荻純立即離開商店，到百貨公司停車場找小弟留給她的車子。

她指示小弟一直往郊外駛去，有多遠走多遠，心想最好開到晚上，讓那兩個蠢蛋刑警追著跑，她就有更多時間逃離一課的掌控。

「現在只能聽天由命了。」坐上那台破舊的七人車後，荻純沒有立即開車。她需要一點時間冷靜一下，畢竟她的計畫一旦開始執行便沒得回頭。

她不打算在這惡劣環境下投靠其他黑道老大，也沒想過向那老前輩低頭。「最危險的地方反而最安全」這句話，她不知道此刻合不合用，但她決定嘗試邀請「敵人」合作。

荻純想，那個跟刑事一課是競爭對手、跟剛哥是仇敵的幹練男人，或許是她的避風港。

7

法外之徒 II ・ 圓桌

「你們留在這兒。別跟阿六的手下們嘔氣，他們挑釁的話不用理會，有小弟找碴更是求之不得，我們有藉口再敲阿六一筆。」

黑石讓手下留在大廳後，隻身走上通往二樓的樓梯。這裡是北區一間中菜館，店東是該區角頭的妹夫，所以也成為黑道舉行會議的熱門地點。菜館二樓有一個可以容納一百五十人的偌大宴會廳，平日多作婚宴壽宴之用，如今卻被二十多個黑道頭目所占。黑石每次來開會也想，橫豎各地頭目加起來不到三十人，根本用不著在這種大型場地舉行，二十多張椅子在房間正中圍著一張大圓桌，四周空洞冷清，令人很不自在，但他知道四巨頭就是講究排場，誰都不願意落後於人，招人話柄。

真是愚蠢。

宴會廳入口有兩名大漢把守，黑石走到他們跟前，舉起雙手，讓他們搜身，確認他身上沒有武器才放行。四巨頭舉行會議的第一規則便是不准攜帶任何武器出席，即使小如一柄指甲刀也得先寄放在暫管處，跟機場登機管制的嚴苛程度不遑多讓。據說這規則是為了確保所有出席者只動口不動手——或者該說，即使動手也不會出人命。

統領黑道的四大巨頭分屬四個勢力，不過微妙的是，他們都沒有彼此爭逐地盤或搶奪非法生意，四人好像有某種君子協定，河水不犯井水。他們亦不要求各地頭目效忠於某一巨頭，只要認同四巨頭是黑道的共同領導者，就可以憑實力闖江湖，召集小弟建立組織。

四大巨頭各自有不同的核心業務，像毒品、軍火、人口販賣，而四巨頭之一的「鯨鯊」充爺的生意是非法賭博。四巨頭就像批發商，而一般黑道就像零售商，假如要在夜店銷售毒品，跟四巨頭進貨賺頭便最高；假如有途徑從外地偷運毒品進城，找四巨頭合作風險一定最低，利潤最多。

每隔三個月，四巨頭便會召開黑道大會，向各個地區頭目發邀請函，指示出席。這封邀請函對黑道老大們來說既可喜又可恨，喜的是只有四巨頭認為實力足夠代表某區域的角頭才會收到，是道上地位的象徵，恨的是它提醒了各地的黑道大哥，即使他們備受小弟景仰、在地區掌握生殺大權，他們終究臣服於四巨頭之下。假如有反抗之心、拒絕出席大會，不出數天組織便會被瓦解，頭領甚至性命不保。

黑石曾見過不識抬舉的傢伙的下場。他很清楚，四巨頭麾下的每個角頭都知道這遊戲的玩法——就算你有反意，也只能放在心裡，永遠不要跟第三者透露。意圖反抗就是玩火，一個不小心便會引火焚身。

一年四度的大會，每次由不同的巨頭負責。這一次的負責人是充爺，他比另外三人更愛擺闊，所以經常選豪華的場地辦會議。黑石進場，看到不少熟面孔，包括那個剛被他好好修理了一頓的阿六。阿六瞧見黑石，立即別過視線，裝作看不到他，繼續跟身旁另一個角頭談天，黑石也沒打算欺人太甚，走到圓桌的另一邊，找了個空座位坐下。

不一會出席者到齊，充爺便主持會議。黑道大會的目的是減少道上摩擦，謀求共同福利，槍口一致對付警察，認清真正的敵人。某些角頭會將地方紛爭事先上呈給四巨頭，請他們主持公道，會議上便通常先處理這些事項，讓所有人評理，找尋雙方滿意的做法。

黑石從來沒向四巨頭告過狀。他覺得要讓他人為自己作主，簡直是有辱尊嚴。優勝劣敗、弱肉強食是黑道鐵則，技不如人的話，給你四巨頭當後台，終有一天勢力還是會被吞併，狐假虎威十分可恥。黑石之前跟阿六起衝突，他是抱著有可能被殺的心情赴會，但他一點都沒後悔，甚至覺得這才是黑道的「道」。

調解糾紛後便進入說明變動的環節。每次大會都有新上位的角頭，也有因故無法再出席的人物，另外還有地盤範圍變化，這些都會逐一公告，讓各區頭目宣示主權，彰顯實力。

「各位，」一個叫永森的角頭站起，以低沉的聲線說，「城南百貨公司一帶現在由我管，第二大道和第三大道的夜店、三溫暖、ＫＴＶ都是我負責，店主們都已經和我的手下談好，除非有意跟我永森過不去，否則請各位高抬貴手。來我罩的店子吃喝玩樂不勝歡迎，事前跟我說一聲還可以給你打折，但如果是有意吞併插旗，我定當奉陪到底。」

黑石想起，城南百貨公司那邊原屬剛哥管轄，不過他有聽聞剛哥失蹤多時，上次大會後不過數天便傳出剛哥失蹤的消息，只是他不確定真偽。永森說完後，再有兩人說明接管了城南哪些地區，黑石細心想一下，發現剛哥的所有地盤都被瓜分了。永森和剛哥是城南盟友，但另外兩個傢伙則不是。

「阿剛還沒有消息嗎？」一個北區的角頭問道。

「沒有，我看是死了吧？他的小弟都差不多全部『轉會』了。」吞掉剛哥地盤另外兩人之中的胖子說。

「『活要見人，死要見屍』，至今都沒發現屍體，說他死了會不會過於一廂情願了？」一個上了年紀的矮子說。黑石記得他是西邊山區的角頭，度假區建案的保全工作都被他壟斷。

「我看是你們城南這些傢伙謀害了他，瓜分地盤吧？」

「放屁，假如是我幹的，又哪怕大方承認？」胖子冷笑一下，「阿剛本來就出名鴨霸，結下不少梁子，江湖傳聞他總有一天會死於非命，恐怕他自己也有此覺悟。

他的地盤本來就是靠武鬥奪得，假如我用相同方法取回，我想就連充爺也得同意十分公平，沒有什麼值得非難的地方吧？」

充爺沒回答，但揚起一邊眉毛，略微點頭表示同意。

「所以他是惹麻煩落跑了？」有人插嘴道。

「我沒聽到消息，而且上次大會他也沒有特別事情報告。」永森回答。

「或者幹掉阿剛的傢伙不好意思說出來吧？」一個禿頭的瘦削男人不懷好意地笑著說。

「嘿，阿勝，你腦袋長在屁股嗎？」胖子笑道，「我不是剛說過，沒有人怕承認——」

「假如為的是地盤，在座各位自然會承認，可是假如醉翁之意不在酒，那就未免有損威嚴，傳開了更可能難以在道上立足……」阿勝頓了一頓，掃視了在場所有人，「我想沒有人不記得阿剛的同居女友吧？那種美女，足夠讓衝動的男人動殺機嘛。」

城南的傢伙們臉上一陣紅一陣白，永森似乎想開口反駁，身子動了一動又定了下來。黑石記得曾在某個宴會上見過剛哥的女伴，即使他只是遙遙看了一眼，他已對她的美貌留下深刻印象，他還記得聽過小弟說對方名字叫「什麼純」。

「阿勝，不是每一個人都像你那麼好色。」打破僵局的是阿六。黑石忍住笑意，因為他知道場中最有資格說這句的正是那個不好女色的傢伙。

「但總有好漁色之徒吧？」阿勝瞥了阿六一眼，繼續集中火力攻向永森等人，「其實很簡單，問一下他們誰除了接收阿剛的小弟和地盤，還一併『接收』了家眷，那不就真相大白了嗎？」

瓜分剛哥地盤的三人互瞥一眼，卻沒有人開口。黑石猜想阿勝有意刁難，希望削弱城南角頭們的氣焰，因為阿勝的地盤鄰接城南，他們坐大對自己只有害無利。

「怎麼了？不敢承認嗎？對啦，私藏那種美人妻當小妾，的確賞心悅目……永森我看你有點黑眼圈，是夜夜笙歌，虛耗過度吧？你跟阿剛是拜把兄弟，『照顧』嫂子可是『天經地義』吶……」阿勝口沒掩攔，讓人不由得猜想，真正對剛哥女友起色心的人是他才對，基於吃不到葡萄的道理，才故意抓住機會落井下石，極盡奚落之能事。

「沒有，她沒有投靠我們任何一人。」永森沒有氣憤地反駁，反而平淡地回應，語氣像是有一點失落。「她目前有五個月身孕，仍深信阿剛會回來，四處找人幫忙維持組織……」

這答案看來出乎阿勝意料，黑石看出他臉上閃過的訝異神色。正當阿勝打算再找屁話攻擊永森時，某人的一句話打斷了原來的口角。

「我聽到消息，前天城南豪宅發生的殺人魔事件，逃過一劫的正是剛哥那個叫荻純的女友，不知道是真是假。」

這話猶如震撼彈，一時間令眾人議論紛紛。黑石沒收到這情報，但當他望向永森等人時，從他們的表情看出這是事實——他們早知情。黑石漸漸捉摸到永森的想法，看樣子永森沒有暗算剛哥，對後者的失蹤一無所知，但阿勝沒說錯，永森的確覬覦荻純的美色，可是對方沒有在此艱難環境下屈服。城南殺人魔犯案，當地的角頭不會不清楚，更何況那是剛哥的住所，但永森沒說出來，很可能是認為這會讓荻純陷入更孤立的困局，更容易令她答應成為自己的情婦，提早公開此事，只會招來蜚短流長。

而且有這想法的不止永森，還有城南的其餘兩人。

「先把江湖事放一旁。」黑石拍了兩下手，讓眾人留意到發言的自己，「不管各位有沒有和阿剛結梁子，那位荻純小姐現在遭逢巨劫，正所謂『禍不及妻兒』，同為四巨頭麾下的地區頭目，道義上應該幫一幫忙。剛才永森說她懷孕了吧？那我們更應該出手援助，反過來任由她獨自面對這惡劣環境，給小弟們知道只會壞我們的名聲。」

黑石的話讓不少人點頭稱是，但永森一臉無奈地說：「黑石哥，我今天試過聯絡純小姐了，她的手機沒人接。條子應該糾纏著她，因為她看到了犯人的樣子……」

「她看到犯人了？」黑石對這消息感到詫異。

「只是傳聞，不確定真假。這兩天她家附近有很多戴帽子的，我想親自探訪也沒成——」永森好像突然察覺暴露了真心話，連忙改口繼續說，「我也不知道她會不會回家，畢竟那女傭就在家裡被殺，純小姐膽子再大，也不想晚上獨個兒留在那房子裡吧。她可能到外面暫住了。」

你本來有意乘人之危吧——黑石心想。

「既然聯絡不上，那想幫忙也做不到啊。」某人插嘴說。

「那沒辦法，但既然如此，我們也得好好回應事件。」黑石雙手按著桌子，左腕的翅膀紋身外露，擺出氣勢。「就算阿剛生死未卜，他的女友仍算是跟道上有關係，事發現場是江湖中人的住所。那殺人魔在我們的地盤上殺人，本來已令我不爽，如今更和殺進我們家裡沒分別，各位還可以保持沉默嗎？條子是我們的敵人，殺人魔也一樣是我們的敵人。警察無能，死了四個人——加上前天那案子中的管理員就是五個人——仍毫無進展，我們應該趁這機會發揮我們的力量，緝捕殺人魔，一來市面平靜，夜店生意也會好一點，二來我們抓到條子抓不到的凶手，足以令他們面子不保。」

黑石的話引來不少人同意，就連阿六也微微點頭。然而黑石沒想到，反對的聲音會出現。

「殺人魔跟我們無關，不要多管閒事。」

此話一出，眾人便沉默下來。說話的是充爺。

黑石沒有愚蠢地反駁或追問，他很明白遊戲規則，四巨頭的指令不容置喙，特別是在這黑道大會中，更不宜做出任何有損對方威信的行為。

「我知道你們想知道理由，」充爺坐在座位上緩緩地說，「阿石說的有他的道理，但我們不要瞎攪和。我們是黑道，不是條子，追捕犯人不是我們的專長，也不是我們的責任。」

充爺一錘定音，在場便再沒有討論。會議繼續，眾人像是忘掉城南和荻純的事，但黑石暗地裡感到有點奇怪。

充爺的命令下得直截了當，連一點討論空間都沒留下。

殺人魔事件與黑道無關是事實，黑石剛才的提案目的有二：一是為阿勝與永森之間的爭執找個著陸點，好讓雙方下台；二是他出於私心，不曉得這次的連續殺人案跟大鵪被當成凶手的殺人事件有沒有關係，期望借全黑道的力量收集情報。

他知道他的一番話很有說服力，在場至少有二十人支持，而充爺卻無視眾人聲音，直接終止動議，這便有點不對勁。先不談剛哥是充爺非法賭博生意的下線，充爺在情義上該幫幫手下的遺孤，就算退一萬步而言，充爺大可以讓討論繼續，反正不論結果為何，角頭們頂多只會吩咐小弟們多留意一下身邊有沒有不尋常的人或事，毫不影響黑道的生意與運作。沒有老大會笨到分配人手狩獵殺人魔，或組織自警團協助居民守夜。充爺根本犯不著作聲，干涉這種無關痛癢的小事，違背多數人的願望展示獨裁姿態。

可是，他表態反對了。

「他是不是知道什麼？」黑石心裡泛起這個疑問。

會議結束時，黑石偷瞄充爺一眼。他覺得那矮小的老者比他想像中隱藏了更多的祕密，彷彿皮囊下包裹著難以想像的謎團真相。

8

執法者Ⅲ・互惠

宏志跟部下告別後，搭電梯到警署的停車場。

今天姑且早點下班吧——昨天在一課碰了軟釘子，沒能跟進荻純那邊的線索，但阿雄早上報告說有點收穫，從會計師和銀行方面發現了一些不尋常交易，認為值得再鑽深一點。宏志打算集中火力挖充爺經濟上的破綻，即使最後只找到造假帳的嫌疑，能夠將案件連繫上充爺，令他不得不上庭受審，也足夠削弱黑道的勢力，達成初步目的。

坐上車子，宏志瞄了一眼時鐘，時間只是黃昏六點。警署停車場位於地下一樓，無法看到天空，但宏志心想現在上路正好看到夕陽。宏志一直很喜歡兜風，他會趁假日獨自開車到海邊，聽著抒情的城市流行風格音樂，看著夕陽沿著公路放鬆心情。他好像想不起上一次看著夕陽開車回家的日子有多遙遠。

離開停車場時，宏志瞥了一眼一課的停車位，每一個都空空如也。下午他已察覺異樣，一課成員們在走廊行色匆匆，就像準備逮捕犯人前的行動氣氛，不過因為他看到好幾個刑警眉頭深鎖，又不禁猜測是發生了第五起殺人案。直至下班他都沒聽到發現死者的消息，於是他又想或許是自己太敏感，昨天被泰士拒絕要求後，過度在意一課，想太多了。

不過一課出狀況倒是事實，宏志聽到泰士臨時取消了中午的記者會，害記者們都在抱怨白等一趟。

宏志的家距離警署有四十分鐘車程，說遠不遠，說近不近。因為碰上下班時間，路有點堵，宏志也沒在意，聽著音樂邊走邊停。然而車開了約十五分鐘，他的刑警直覺提醒他有需要注意的事。

他似乎被跟蹤了。

一輛白色的車子從他離開警署後，一直在自己後面，保持約四個車位的距離。宏志心想也許只是巧合，但也許是近日發生太多令他疑惑的瑣事，他不由自主地提高警覺，決定試探一下。

他故意在一個路口轉左，然後在下一個十字路口再轉左，合共左轉了四次，在同一個區域繞了一圈，回到原來的位置。

白色車子同樣跟隨他繞了一圈。這不會是巧合，宏志知道自己被盯上了。對方是想找出他的住址？是充爺收到消息，決定先下手為強，趁他一個人在家時幹掉自己？還是想確認住所後，安裝偷聽器，收集情報？

「該死，好死不死猜中了。」

宏志有一剎那想像過順水推舟，利用這情況抓證據或餵假消息誤導對方，但他其實只是猜跟蹤者是充爺手下，沒有什麼實證。他想了想，將車子駛離市中心，到附近一個居民較少的住宅區，選了一段位於兩棟住宅大樓之間的彎曲小路，開車進去。

車子在狹路走到一半，宏志便停下來，等不到數秒白色車子從後方的彎角現身。宏志確認配槍在腰間的槍袋，摸著槍柄，打開車門，堂堂正正地向對方走過去。

他滿以為對方看到這樣的自己會慌張失措，立即倒車逃走——他故意挑狹窄的小路就是要跟蹤者倒車時遇麻煩——但那車子徐徐停下，駕駛者同樣下車，往自己迎面走來。

宏志一看到對方，吃驚的反而是自己。那是荻純。

「妳……跟著我幹什麼？」宏志心裡有太多疑問，只能先問最明顯的。

「你是刑事二課的組長，對不對？」荻純反問。她的神色緊繃，說話時不住緊張地往身後眺望。

「嗯。」

「我有事情想跟你談談，可以找個更隱蔽的地方嗎？」

宏志看了一下四周，單線單程的小路目前被他們兩輛車子堵住，假如有車駛進，就會打擾他們的談話。

「明白了，妳開車跟著我。」

宏志回到車子，離開小路，開車到約三分鐘路程外的體育館。體育館設有室內公共停車場，而今天沒有比賽，他預料停車場閒雜人等不多，是個方便密談的場所。

荻純的白色七人車停在宏志車子旁邊，宏志打開車門，讓她坐上副駕駛座。停車場裡沒有第三者，他也故意挑了一個沒有監視器拍攝的死角，猜想這會面應該足夠隱密。

「荻純小姐，我想知道——」

「在我答你的任何問題前，我要你先老實回答我一個問題。」荻純凝視著宏志。

宏志本來想說要視乎對方問的內容為何，但看到荻純那張努力遏抑著不安的臉龐，左手手指將衣角抓得皺巴巴，右手扶著鼓脹的腹部，他心裡油然泛起同情，緩慢地點點頭。

「你們是不是知道剛哥的下落？他是不是惹上什麼麻煩，不得不逃跑？」荻純問道。

「很抱歉，我不知道。二課沒有任何關於田剛的情報，只知道他的地盤被城南的其他角頭吞併掉了。」宏志頓了一頓，「其實反過來，我還想問妳能否提供他的去向，我們想找他談一下。」

宏志沒有說謊，而且知道自己的真誠成功傳達給荻純，因為對方一臉失落，就像期望落空。

「荻純小姐，我猜妳是打聽到我昨天到一課的目的吧。我的確是想找妳和田剛，不過我不是要拘捕妳的丈……妳的男朋友，只是想跟他聊一聊，你們不是我們的行動目標。」

「你們要對付更上面的？」

「這一方面我不便透露。」宏志以嚴肅的語氣回答，「不過既然妳對田剛下落一無所知，我猜我也沒有什麼可以問下去，除非妳願意合作，提供有用的情報以換取警方不起訴田剛兩年前所犯的罪行。」

「剛哥的罪行？」

「我想不用說太白吧，兩年前城南第三大道那場酒吧火警，道上人人都知道是城南剛哥的傑作，妳身為他的同居人，不可能不知情。我們早找到足夠證據，只是送妳的男朋友進牢，也不過便宜了同區的其他勢力，所以姑且放他一馬。」

雖然宏志擺出一副了然於胸的表情，骨子裡他卻只是虛張聲勢。警方知道那場火警是人為縱火，原因是店東找了另一個黑道當保護者，沒有付錢給剛哥，而某天晚上打烊後，店子便付諸一炬，東主血本無歸。所有人都知道主謀不會是其他人，但警方卻沒足夠證據提告，連剛哥也沒被請到警署「喝茶」。城南龍蛇混雜，黑道相爭的案子無日無之，像這種沒波及平民、沒出人命甚至沒人受傷的事件都不會被二課重視——反正黑道互毆，兩敗俱傷，警方樂得撿現成便宜。

不過，能當成籌碼用的，自然作別論。宏志昨天被泰士拒絕後，便檢視城南剛哥的檔案，看看他和荻純身上有什麼弱點，能夠加以利用。

他彷彿有預感自己會再跟荻純碰面。

「假如警方能夠找到剛哥，我倒不介意在拘留室跟他重聚。」荻純語帶譏諷地說。

宏志聞言沒感到冒犯，反而對這答覆十分滿意，因為荻純的話說明了她有利用價值。假如荻純對剛哥的工作內容一無所知，或是只知皮毛，以她目前的處境，她自然會選擇妥協，又或者會因為宏志的話而緊張地追問詳情，再判斷答案。可是，荻純斬釘截鐵地反駁宏志，這讓宏志知道荻純也清楚兩年前的縱火案沒有證據能扯到剛哥身上，換言之，她也許一樣掌握了有用的情報。

「好，那先不談那個。」宏志微微一笑，「妳不是正受一課保護嗎？怎麼獨自來找我了？」

「這……」

看到荻純表情一變，宏志確認自己問對問題了。一課今天下午狼狽不堪的理由，便是荻純擅自逃掉。

「我猜妳不會單單因為想問我一句警方是否知悉田剛下落，便大費周章一個人開車跟蹤我，所以一定發生了一些事情，讓妳不得不用這方法跟我密談。是受到四大巨頭的威脅嗎？」

「不是那樣子……」荻純深呼吸一口氣，「我願意跟刑事二課合作，提供所有我所知道的情報，但我需要一個保證。」

「保證什麼？」

「保證我的人身安全，給予我一個新的身分，並且在殺人魔落網前不能讓刑事一課知道我的去向。」

宏志對荻純的回答略感意外。前半句算是意料之中，但後半句卻冒出不合理的名詞——荻純爆料後自然不能被四巨頭知悉下落，但「刑事一課」這四個字卻取代「黑道」，而宏志完全沒想到一課會對荻純構成威脅。

「荻純小姐，為什麼妳不要讓一課……」

「他們打算讓我當誘餌，」荻純聲線微顫，「是可以犧牲的誘餌。我親耳聽到保護我的刑警私下聊天，他們打算不管我和孩子的生死，引殺人魔上鉤。」

宏志本來想笑說她一定是弄錯了，警方才不會做出這種喪盡天良的壞事，但他正要開口，昨天被泰士冷言拒絕的一幕再度浮現腦海。他從泰士的談吐中感受到不尋常的焦躁，和以往「一課菁英指揮官」的沉著自若很不一樣。

縱使宏志覺得當中有某些誤會，他卻沒辦法發自本心地駁斥荻純。他辦案多年一直緊抱一個宗旨，就是即便確信了百分之九十九，他也不能無視那百分之一的懷疑。

「就當妳說的是事實吧，」宏志嚴肅地說，「但妳要知道，二課和一課是同伴，為什麼妳認為我會選擇相信妳這個『黑道大哥的女人』，而不是跟同僚合作？」

「因為你和他們不一樣，你是認真的好警察。」

荻純毫不畏懼地直視著宏志雙眼。

沉默片刻後，宏志打開身旁的置物箱，翻了翻裡面的雜物，掏出一支鑰匙。

「我姑且暫時答應妳，但我查證後發現當中有任何不實，我便會第一時間通知一課來接手。」

「謝、謝謝。」

荻純緊繃的表情稍微放鬆，露出淺淺的笑容，宏志不自覺地瞄了那張俏麗的臉龐一眼。為了讓自己別想太多，他故意清了清喉嚨，望向荻純的車子再說：「我先讓妳住進二課的證人保護屋，碰巧我忘了歸還其中一間的鑰匙。妳的車子留在這兒，之後再處理。」

「沒問題，況且那不是我的車子。」

「那不會是失車吧？」宏志稍稍皺眉。

「是剛哥的小弟的——好吧，其實我也不知道是不是偷來的。」荻純苦笑一下。

「話說回來，妳怎麼從一課的眼下獨個兒逃出來的？而且還知道我開哪一輛車子？」

「剛哥還有四五個小弟跟我一樣，認為他早晚會回來主持大局。」荻純嫣然一笑，將她致電手下和換車的經過一一告訴宏志。「刑事二課組長是黑道的眼中釘，備受矚目，我吩咐一個小弟打探，不用半天便查出你的座駕型號、顏色和車牌號碼，接下來只要好好尾隨，讓你找個地方跟我對質就成。」

宏志心想這女人比想像中還要厲害，她逃離一課刑警的監視後，大膽地前往警署外盯梢，一課的傢伙們再精明也想不到失蹤的目標竟然近在咫尺。

安全屋位於西北近郊，是一棟只有一層的獨棟平房，附近多為農地，人煙稀少，最近的公車站足足有十五分鐘步程之遙，商店街更在三十分鐘步程外。不過正因為四周沒有鄰里，在這裡暫住的證人不用擔心行蹤洩漏，被黑道滅口。宏志和荻純抵步時夜幕初籠，但因為地點遠離塵囂，二人都有已近午夜的錯覺。

「荻純小姐，我已履行承諾，讓妳在安全屋暫住，請妳也付出誠意，回答我的問題。」在安全屋的客廳裡，宏志沒有讓荻純休息，直接開始偵訊。他掏出記事本，依著二課目前掌握的資料提問，例如問對方有沒有聽過某些用來洗錢的公司的名字、認不認識警方早陣子搗破的地下賭場的老闆等等。荻純沒能提供特別有用的情報，但宏志察覺她比想像中知道更多，甚至能證實一些傳聞中的江湖恩怨——縱使內容只是二手消息，是她從剛哥或小弟口中聽來的。

宏志思考著如何利用這些新情報。荻純不一定能提供足以撼動充爺的證詞，但或許可以用來威嚇某些地區頭目——比如城南叫永森的傢伙——然後當作槓桿，一層一層地撬開厚重的防壁。

無論如何，保住荻純是目前的一著好棋，從她身上可以榨取大量黑道內幕。

「我今天先回去，」宏志合上寫滿新資料的記事本，「廚房有泡麵和罐頭，妳今晚將就一點，我明天會給妳買點新鮮食材放冰箱……」

「慢著，你要離開？」荻純緊張地從沙發站起。

「妳放心，這兒很安全，沒有人——」

「你肯定明天回來時，不會只看到我肚皮被剖開的屍體嗎？」荻純語調冰冷，就像警告著宏志。

宏志稍稍愣住。他本來只在乎從荻純身上取得情報，讓她住進安全屋不過是交易條件，他對保護對方這回事沒有實感，畢竟過往二課保護的證人，都是確切被黑道盯上、一旦喪命便能讓審訊告吹的關鍵人物，性命危險顯然易見。然而荻純說出「肚皮被剖開的屍體」，宏志才察覺她面對的危機不比以往的證人小，尤其一課似乎掌握了某些資訊，認為殺人魔會完成之前沒做好的事。

「我明白了，我來煮麵吧。罐頭只有一種，沒有選擇。」宏志搔搔頭髮，走進廚房。

吃過晚餐，宏志跟荻純閒聊，目的不在敲出更多黑道情報，而是想取得對方信任。他跟不少黑道的親人打過交道，見過很多對警察抱敵意的橫蠻傢伙，但荻純給他的感覺不太一樣。荻純身上一樣發出敵我分明的氛圍，只是宏志直覺他能改變對方，令她棄暗投明。

宏志從來不是因為疾惡如仇而當上刑警。他一直深信世上沒有天生的惡人，即使是殺人如麻的大壞蛋，也有大徹大悟的可能，而他的責任是製造出這些沉淪者面對自己的罪與罰的機會。這是他對公平和正義的信念，有時他想，假如他沒當上警察，他很可能會成為神職人員或出家人。

不過，他自問無法糾正連續殺人魔。對無法溝通的精神異常者，宏志信念再強，也難以改變對方的思想——也因此他對目前的職位沒有不滿，黑道再歹毒，仍然是有辦法理解和引導的對手。

「妳的房間沒有窗戶，而我今晚會在客廳睡沙發，大門門鎖是特別製造，趕得上銀行保險庫的安全程度，另外門窗都有防盜警鐘，有人從外硬闖便會觸發。」宏志對荻純說，「殺人魔之前都在晚間殺人，即使他真的神通廣大地知道妳在這兒，他要潛進這房子也不是易事，我還有配槍作防範。明天白天妳把自己反鎖在屋裡，就不用擔心被殺。」

「明白了。」

「其實一課為什麼認為妳能夠做餌？妳認識那兇手？」

「不，我不認識他。」荻純搖搖頭，宏志覺得她沒撒謊。

「也就是說一課掌握了殺人魔的某些特徵吧……犯人長什麼樣子？」

「他……」荻純頓了一頓，像是不欲回憶那可怖的一幕，「他很壯碩，身高大約一百八十公分，黑髮，留著絡腮鬍。」

「妳清楚看到他的樣子，能提供犯人素描？」

「嗯，昨天已在警署讓你的同僚畫過了。」

宏志暗吃一驚。按道理，證人提供了犯人畫像，警方自然會告訴媒體，讓市民有所警惕，以及向警方通報消息；但一課這兩天都沒有動作，亦沒有公開什麼嫌犯肖像。

到底是怎麼一回事——宏志無法理解。眼前只有兩個可能，一是一課故意隱瞞，有不可告人的祕密，一是荻純說謊，她沒有給一課畫犯人素描，或是一課認為荻純的證供不實，那幅犯人圖像對調查沒有幫助。

這一夜宏志沒睡好，縱使安全屋的沙發比二課組長室的更寬敞舒適，他還是輾轉難眠，半夢半醒。他不是在意殺人魔會在半夜突襲——他壓根兒不相信對方如此神通廣大——而是覺得一課行事有點不尋常。「不該質疑同袍」是警察的金科玉律，不信任感就像滴進水缸的墨水，即使分量微小，也會慢慢散開，將原本清澈的水染成黑色。

問題是，滴進水缸的墨水沒辦法收回，宏志無法說服自己荻純對一課的指控統統是誤會。

翌日早上九點多，宏志跟荻純交代好遇上緊急情況的應對辦法，以及聯絡自己的方式後，他開車回到警署。宏志鮮少比二課成員晚上班，所以他回到辦公室時，二課組員都不由得對他行注目禮——不過他們看到組長身上衣服和昨天下班時一模一樣，便猜想宏志昨晚私下調查，說不定今早天亮後才在車子裡小寐片刻。二課成員都知道，換成其他人可能是跟女伴在賓館共度良宵而沒回家，但工作狂的組長才不會在上班日前夕如此放縱，他沒換衣服肯定是跟工作相關。

「組長，昨晚有發現新線索嗎？」泉問道。

「唔……沒有重要的。」宏志聳聳肩。他不打算將荻純的事公開，即使他充分信任自己的下屬，也怕意外被一課的成員聽到。在他回到警署之前，他已決定今天必須先調查一件事。

到底荻純和泰士誰比較可靠。

他在組長室換上備用的乾淨襯衫，梳理一下頭髮，確認外表不會讓對方起疑後，獨自前往一課辦公室。一課成員看到二課組長再一次駕臨，連忙接待，不過宏志這次從他們的表情上看到另一種情緒——他一直以為一課的刑警們將二課視作競爭對手，所以總有點敵意，但昨晚聽過荻純的指控後，他覺得這些傢伙們的「敵意」並不單純，似乎帶點害怕自己得悉他們努力隱瞞的某個祕密的味道。

「泰士，不好意思，再次打擾了。」被引領到一課組長室後，宏志向泰士打招呼道。

「你又是為了向荻純問話的事而來嗎？」泰士一臉冷漠地問。宏志知道荻純擅自逃跑，但泰士還故意這樣發問，不曉得是為了不甘示弱，掩飾一課的失態，還是有其他更大的祕密不欲曝光。

「不盡然是，但假如你願意開方便之門，我求之不得。」宏志也故意順著對方的話作出試探。

「那就是有其他事情？」

「嗯。」宏志點點頭，「我有情報提供。」

「情報？」

「那個倖存的孕婦是城南角頭田剛的女友，我想你也很清楚，而二課最近都在挖那傢伙的材料。田剛已失蹤數月，可能被敵對黑道暗殺，又或者因故落跑避風頭，我們懷疑他女友遇襲不是巧合。」

「什麼意思？」

「這個或許是模仿犯。」宏志稍稍一頓，觀察著泰士反應，「二課掌握了城南黑道的勢力分布，田剛失蹤後，那邊的角頭們基本上瓜分了他的地盤，不過還有一些小弟未歸順，認為老大不久便會回來主持大局。田剛的對頭們也了解狀況，所以打算趁田剛不在，盡早吞併，以免夜長夢多。」

宏志這番話倒沒有虛假，那是他所知道的實情，而且加上昨夜荻純提供的小道消息，他確切掌握了城南黑道的動向。

「你指有人因為知道田剛女友懷孕，於是假扮殺人魔企圖殺人？我看不到兩者有什麼因果關係。」

「田剛在城南靠武力稱雄，道上人人忌他三分，但他有一根軟肋——他的同居女友荻純。只要殺死荻純，令他失去未出生的孩子，那就是對田剛最致命的打擊，即使他不久後露面，也很難重振雄風。」

「那為什麼要模仿殺人魔犯案？黑道犯不著做這些門面工夫吧？」泰士嘴角微揚，但宏志知道那微笑背後意思是嘲諷。

「這樣子不用怕復仇。城南剛哥出名狠辣，哪怕他手下小弟全跑光，假如知道是誰動手殺他妻小，他也會找方法跟對方同歸於盡。」宏志回報一個虛偽的微笑，「二課有城南黑道的詳細檔案，我們可以提供嫌犯名單，讓你們核查；反過來說，假如一課願意分享資料，也可以將第四起案件的檔案傳給我的部下，我會派人分析……」

「不必了。」泰士斬釘截鐵地說，「這不是模仿犯。」

「你肯定？有什麼理據嗎？凶手留下了犯罪特徵？」

「有，但我不便透露。」泰士以冰冷的語氣說，「以防走漏風聲，真的製造出模仿犯。」

宏志稍微愣住，畢竟泰士這話就等於說「就算是同袍，我也信不過二課的傢伙」，相當不留情面。但宏志很快回復從容的態度，輕輕點頭微笑。

「那就好。我不礙著你了，若有什麼地方要借用二課的人力，請不用客氣。」

宏志從座位站起，泰士卻沒動半步，連站起來送客的門面工夫也省下。

「對了，」宏志打開房門後，臨行前回頭向泰士問道，「據說那個荻純看到犯人的樣子，有犯人素描嗎？」

「沒有，她當時受很大驚嚇，沒辦法說清楚。」

宏志點點頭，告別泰士，離開一課辦公室。他的表情一如往常般平靜，心裡卻波濤洶湧。

一課的確有可疑。

宏志的「模仿犯理論」只是誘餌，雖則他不能排除這個可能，但他猜可能性不大，其他黑道角頭有心打擊剛哥的話，沒必要在這節骨眼對荻純下殺手，反而該想方法將她當成人質，威逼利誘歸順自己，這樣子既能吸納餘下的小混混，將來剛哥回歸也能將他女友和孩子當成籌碼。他向泰士提出這說法，為的是看看泰士的反應。

泰士不願意透露案情算是意料之中，但他拒絕二課提供的城南黑道資料就有問題。面對四起案子毫無進展，宏志想假如他是泰士的話，才不會放過再微小的線索，送上門的情報不拿白不拿。泰士會拒絕，答案只有一個。

一課已掌握到殺人魔的情報，甚至確認了身分。

如此一來，一課「保護」荻純的做法便能理解，也跟荻純的說法吻合。

而離開前宏志的問題更讓他確認一課有所隱瞞。

荻純沒必要對他說謊，虛構殺人魔外貌，畢竟二課和孕婦連續被殺案無關；而更重要的是，荻純找上宏志要求保護，就是憂慮殺人魔會來完成之前失手的行動，她提供錯誤的情報給宏志，只會增加被殺的風險。

所以泰士不希望犯人的肖像曝光。

宏志很想將精力集中在對付充爺的案子上，但此刻他自問無法袖手旁觀。

「泉。」回到二課辦公室，宏志向泉招招手，示意她跟他到組長室。

「組長，怎麼了？」關上房門後，泉問。

「妳暫時放下手上的工作，我有特別任務給妳。」宏志邊說邊穿上外套，摸了摸口袋的車鑰匙，「不要讓第三者知情……即使是二課的手足也不能透露。」

9

蟲 II ・ 守則

「我們不是去城南的賓館街嗎？」

「我在北區有私人別墅。」

坐在副駕駛座的少女稍稍露出訝異的神色，但轉瞬回復原來漠然的表情。開車的阿鐵倒是微微一笑，從後視鏡瞥了少女一眼。

少女暱稱「蜜桃」，阿鐵透過手機的交友軟體跟她聯絡，購買她一夜的「全套服務」。「蜜桃」當然是假名，畢竟沒有從事援交的女生會報上真名，她在網路上自稱十九歲，但實際上她尚未成年，上月才剛滿十六。她知道不少嫖客喜歡幼齒，只是她更清楚大部分男人怕惹禍，報上真實年齡反而會趕跑客人，減少收入，所以她將年紀報大三歲。

她不知道的是，阿鐵早摸清她的背景。

阿鐵的食欲異常地旺盛。他已忘掉自己何時嘗第一口美味的人肉，由於父親是刑事一課前組長，他孩提時期已常常和父母一起將被誘騙、操控至家中地下室的人類肢解、進食。阿鐵第一次親自「獵食」發生在他國中一年級的時候，當時他將一個經常霸凌低年級生的三年級胖子引到學校附近的樹林，然後將對方吃個一乾二淨，屍骨無存。由於阿鐵的父親及時插手毀滅證據，那胖男生至今仍被當成失蹤人口，而阿鐵則被父親狠狠教訓了一頓。

「給我好好記住，以後要吃便吃陌生人，殺掉跟你有關係的人類只會帶來麻煩。」

「為什麼？我們不是支配者嗎？為什麼要看那些低等傢伙的臉色？」十二歲的阿鐵摸著被扇巴掌的臉頰，強忍著淚水反問道。

「因為我們人數太少，」阿鐵父親搭著兒子的肩膀，語氣略微放輕，「我們是比人類優越的支配者，但並非無敵的不死之身，成千上萬的螞蟻一旦齊心合力，也有可能殺掉大象。『保持低調』是我們一族的最重要守則。」

當時阿鐵心裡不服氣，不過面對猶如君王的父親，他只好順從命令。直到念高中他才理解父親的苦心，隨著他長大他逐漸明白偽裝成他口中的「低等種族」如何必要，一切都是為了他們這些「優等生物」日後統治這世界而鋪路——尤其他看到父親離開刑事一課，步入政壇。

從國中開始，阿鐵已開始獵食人類。高中畢業前他隔月才主動覓食，修讀短期大學和在警校期間卻經常感到飢餓，原來的進食節奏已無法滿足他，最高峰曾試過在一個月裡連續每週吃掉一人。他對自己的身體狀況也感到不解，從生物學而言，他的胃袋不可能容納一個和自己體型相若的獵物，但他就是能將對方連皮帶骨消滅殆盡，卻維持著中等身材。

他總覺得自己的胃袋就像無底洞。

阿鐵父親從來沒有跟阿鐵說明吃人和他們一族的能力有沒有關係——事實上，沒有族人知道真相——但有告訴過他「我們能吃人類便證明了我們比較優越」，所以阿鐵從來不讓自己捱餓。就算工作再忙，他都會抽空進食。

空閒時阿鐵喜歡在街上亂逛，物色獵物，反正他們一族有「使魔」的能力，只要讓自己的魔血化成棒狀小蟲，便可以操縱對方，讓那傢伙在不引起他人注意下人間蒸發，或是留下遺書。然而忙碌時他便會選用這天的策略，透過網路科技搭上妓女，將就一下當吃速食快餐。當然，為免留下痕跡，他都會先掌握目標底細，確認風險不高才動手。

他跟蜜桃洽談價碼之前，已經知道對方是個「即使消失了也無人在乎」的女孩。對方的真名、年齡、家庭關係等等他都一清二楚，他知道蜜桃國中畢業後便逃離家庭，遷離原居地，和一個叫奈奈的女生同住。兩人都是離家出走的女生，同樣缺乏謀生手段，所以靠出賣肉體換取金錢。蜜桃本來有點抗拒，但眼看比她年長的奈奈每週只接三、四個客人便足夠生活，逐漸改變想法，步好姊妹後塵，為男人提供性交易。

這種賤民只有作為糧食的價值——阿鐵邊想邊透過後視鏡瞄了一下蜜桃緊身裙

下的大腿，再不自覺地舔了舔嘴唇。蜜桃剛好留意到他的視線，她倒沒有反應，因為她只以為對方是個急色鬼，沒想到「對她的肉體垂涎」這句話此刻有截然不同的解讀。

「你在北區有別墅，你很富有嗎？」蜜桃打破車廂中的靜默，問道。北區是有錢人的聚居地。

「有錢的是我老爸。」

「所以你在大企業上班，是小開？」

「不，我是刑警。」

蜜桃聞言眼睛張得老大，就像察覺天敵的小動物。

「嘿，妳不用擔心，掃黃不是我的職務。」阿鐵笑道，「假如我要抓妳，我就不會告訴妳我的職業。」

蜜桃收起驚訝的神情，但她再度沉默。阿鐵很清楚她擔心自己的真實年紀曝光，不過反正他這晚沒心情調笑，只想著盡早到別墅好好填飽五臟廟，也就任由對方胡思亂想。

幾個鐘頭之前一課刮起風暴，阿鐵第一次看到組長泰士盛怒的一面。負責看管荻純的兩個同僚居然被擺了一道，荻純行蹤不明。泰士的計畫全盤被打亂，餌誘作戰無效，只好臨時中止記者會，命令一課成員四處找尋荻純。

阿鐵從同僚口中知道事發經過，猜想荻純意外聽到兩名看守的刑警愚蠢地討論組長的計畫，判斷自己處境不安全而設計逃跑，當看守者發現追隨的車子愈開愈遠、荻純又沒接電話時，他們已離開荻純的家差不多兩個鐘頭。

「我就說別讓女的負責要務。」阿鐵離開警署時對失職的男刑警說。他從報告得悉男刑警本來想堅持坐上荻純的車子，是他的女搭檔同意荻純的要求才放棄。

一課多年來都是男性主導，女警只擔任後勤工作，但三年前泰士嘗試改革，讓能力最好的一些女性成員投身前線。雖然沒有說出來，但阿鐵心裡反對組長的做法，認為纖弱的女性只會拖後腿，成事不足，敗事有餘。他們這種族雄性比雌性強悍，縱使女性也能操縱「使魔」，但她們的體能頂多只及男性一半，自癒能力也較差，面對強敵時根本派不上用場。

假如那傢伙真的再度偷襲荻純，當然由兩個男警迎戰勝算較大——阿鐵一開始便想到這一點。

「男主外、女主內」的想法雖然陳腐，但阿鐵認為是他們一族的金科玉律，執掌權力的、領導族人的，只能由男性擔綱。他的母親至今仍謹守崗位，在家庭裡支援從政的父親，為他提供一個心靈上的避風港，沒有越俎代庖，插手父親的政務，連多餘的話也沒說半句。這個人口約三百萬的城市裡，「支配者」只有不足四百人，雄性比雌性更少，就是僅有百多人而已。阿鐵回憶起父親當年的勸戒，十分理解低調行事為何是最重要守則——萬一一課失能，公眾知道他們一族的存在，他們百多個男性便要挺身對抗三百萬隻「螞蟻」。

所以就連進食，也要盡量低調。

「啊，這房子好大。」

車子開到北區近郊一棟兩層高的獨棟別墅外，蜜桃讚歎著漂亮時髦的房子。阿鐵停好車，拉著蜜桃的右手手腕，打開大門。

「先生，請別抓那麼緊……反正我又不會跑掉。」蜜桃勉為其難地笑道。阿鐵的手勁很大，她手腕吃痛。

「嗯，不過就算妳想跑也跑不掉吧。」阿鐵用力一扯，將蜜桃甩進漆黑的房子大廳，鎖上大門。

「啊！」蜜桃一個踉蹌跌倒地上，正當她因為聽到阿鐵鎖上大門而不安地回頭時，阿鐵打開電燈，室內環境令她愣住。

外表豪華的別墅，大廳卻全無裝潢，連地板也只是水泥地，像是廢屋的室內空間。房間正中央有一張陳舊的圓形大餐桌，旁邊卻沒有椅子，反而有幾張舊沙發靠在牆邊。然而最教蜜桃感到恐懼的，是桌子旁立了幾個奇形怪狀的鐵架，上面附著鎖鏈和麻繩——她不知道那些鐵架子有什麼用途，但她只想到刑具。

「我、我不提供S、SM服務！」蜜桃焦灼地喊道。

「妳說什麼傻話？我對性虐待沒有興趣。」阿鐵邊說邊脫下西裝外套，掛在玄關的一個掛鉤上，再捲起襯衫衫袖。

「你……你想……」蜜桃緩緩退後，畢竟她再遲鈍也感到眼前的男人散發出危險的氣息。

「我啊，認識一個叫裕行的傢伙，」阿鐵解下領帶，「是個教人火大的混蛋。我的長官很重視他，因為他天生異稟，而我只是平凡人。」

「你、你在說什麼？」

「不過我見過他展示能力，嘿，那是真材實料，我不得不佩服。我有時想，假如我也有他的能力就好了，同時放出七個使魔，生活會方便得多吧。」阿鐵臉帶微笑，慢慢逼近正在後退的蜜桃。

「我不、不知道你在胡說什麼……」蜜桃惶恐地瞄了身後一眼，察覺大廳一角有一扇沒關上的門，但她不知道那是廚房、廁所還是樓梯間。

「不過呢，凡人也有凡人的樂趣。只能操控一人的我，也能玩些新花樣出來。」

蜜桃看到阿鐵露出猶如惡魔的獰笑，深明眼前人不懷好意，立即轉身奔進那扇打開了的門。

然而，她卻被站在門後的人擋下了。

「別……跑。」

「奈、奈奈姐？」

蜜桃驚訝地瞧著眼前的年輕女孩。奈奈身無寸縷，赤條條地站在蜜桃身前，雙手抓住蜜桃手腕，眼神卻失焦地瞧著對方身後，嘴上重複念著「別跑、別跑」。

「利用使魔讓獵物自願被我吃掉的確方便，只是這種進餐方式實在太悶蛋了。」阿鐵緩步走到蜜桃身後，直視著她流露著惴慄的雙瞳。「低調行事的確重要，但我認為保持天生的獵食本能也一樣要緊——假如獵物不掙扎、不畏懼，我們早晚會淪落至跟你們這些低等種族沒兩樣。」

「奈、奈奈！」蜜桃嘗試掙脫，但奈奈力氣比平日大，牢牢地緊抓對方，令她動彈不得。「放開我！妳、妳為什麼——」

「我今晚胃口很好，一個便當吃不飽，所以要多吃一顆蜜桃填肚子。」阿鐵抓起蜜桃的左手，將她的拳頭掰開，用舌頭輕舔她的中指和無名指。「妳可以盡情呼救，反正這兒的鄰居跟我是同類，他們不會介意。」

「啊——！」

就在阿鐵狠狠咬斷蜜桃左手中指的一刻，蜜桃發出淒厲的尖叫。這叫聲沒有帶來迴響，沒有制止阿鐵的動作，也沒有喚醒奈奈的理智。她不明白自己遭遇上什麼，不曉得共患難的好姊妹為什麼會協助壞人殘害自己，更不知道阿鐵早從被操控的奈奈口中套出她的一切，了解她即使沒留下遺書，消失了也沒有人會在乎。

她只知道，當奈奈扯脫她的衣裙，阿鐵扭斷她的一雙小腿，她無力地在水泥地上自己的血液和尿液中掙扎爬行時，她注定活不過今晚。

阿鐵一邊品嘗著從獵物身上噬咬下來的滑嫩肉塊，一邊操縱奈奈，讓她按壓著耗盡最後一絲精力反抗的蜜桃。聽著蜜桃從嚎啕變成嗚咽，看著奈奈凹凸有致的白嫩胴體濺上一筆筆的猩紅，阿鐵感到十分滿足。

「吃完四肢後，在還沒昏死的蜜桃面前先吃掉奈奈，可能會更美味？」阿鐵愉快地想。

他覺得最近工作上的煩惱都一掃而空，彷彿明天一課遇上再大的麻煩，他都能夠一一應對。兵來將擋，水來土掩，沒有解決不了的事情。

「我們能吃人類便證明了我們比較優越。」父親的話就像強心針，阿鐵擦了擦嘴邊的人血，莫名地笑了。

10

法外之徒Ⅲ · 目擊

「反對官員獨裁！抗議司法不公！立即停止濫捕！釋放異見人士！」

一個聲音宏亮、個頭矮小的男人拿著擴音器，站在一個石台階上，對圍觀的數十人喊著口號。他每喊一段，前排戴著面具的群眾便舉起拳頭和應一段，引來不少路人在外圍佇足觀看。這場抗議集會的舉辦地點在東區主要幹道旁的一片空地上，兩個街口外正好有一棟政府機關，這個鬧市中的空間便成為集會熱點。

然而大部分在此高呼口號的人，都忘掉了這個位置四年前發生的慘案。這裡正是「東區屠夫」大鶇先後殺害兩姊妹的廢屋原址。數年前有財團買下這處兩棟荒屋的地皮，準備拆卸重建成豪華公寓，而兩則慘殺事件恍似是不祥之兆，預告著這建案注定失敗收場——先是財團拆掉廢屋後才發現兩棟建築物中間的小巷業權屬於政府，兩幅地皮不能合併；好不容易磋商成功，政府接納建商在公寓旁興建公共空間以換取小巷所有權的建議後，財團爆出造假帳的醜聞，面臨清盤，地皮最後被充公，政府又沒有計畫開發，如今變成空地一片，被示威群眾占用。

黑石站在街角，遙遙瞧著集會人群。身為東區角頭，示威者經常到自己的地盤鬧事他當然不高興，但他深明黑道出手只會過猶不及，引來輿論指責東區黑道與政府朋比為奸，面對的麻煩將會更多。所以只要那些傢伙沒有影響道上的生意，他就不管——反正情況失控，條子便會介入。

烈日當空，黑石看到群眾中有人除下面具擦汗，不由得心想到底他們懂不懂蒙面的用意。他留意到外圍的觀眾中，有人偷偷用手機拍攝，判定那是收集情報的條子。對黑石來說，示威民眾對他和手下最大的影響便是引來很多外來的警察，萬一有一兩個熱血傻蛋碰巧看到小弟從事非法勾當，擦槍走火爆發衝突，那就划不來了。

「嘖，真麻煩。」黑石啐了一聲，從口袋掏出太陽眼鏡，確認衣袖蓋過了紋身，若無其事地走過集會旁的行人路。他最在乎的是自己有沒有被條子拍到，即使他現在沒必要躲避警方，但他就是討厭被監控。這邊的社區他一向少來，但今天為了探訪一個小弟，不得不走一趟。

「黑石哥，歡迎歡迎！您有什麼關照嗎？我給您打個七折，服務一流，包您全身舒爽，保證滿意！」

說話的是一個微胖的男人。黑石剛走進這一間簡陋的商住兩用公寓，對方便搓著手，熱情地招待。

「阿龜，你開的是清潔公司不是按摩院吧？哪有什麼全身舒爽？」黑石失笑道。

「哎，家居環境乾淨清潔，住戶當然舒爽嘛！」阿龜邊說邊讓黑石坐下。

阿龜是黑石前手下之一，擔任皮條，不過手上的妓女不多，收入不足，只好白天兼差清潔工，晚上再經營淫業，開車接送女生。因為白天工作收入穩定，阿龜四年前乾脆退出江湖，全職上班，三年後更自立門戶，成立了一間小小的清潔公司，親自當老闆。

「老婆和兒子不在嗎？」黑石瞧了瞧四周。

「老婆在超商兼職，孩子就暫時由我阿母照顧。」阿龜給黑石斟了一杯熱茶。「這普洱是我阿母送的，很好喝，黑石哥您嘗嘗看。」

黑石一直覺得阿龜根本不該混黑道，對他現在的處境頗感欣慰。阿龜老爸在他四歲時人間蒸發，家庭破碎下他不知不覺間交了一堆小混混朋友，高中念到一半便輟學從事非法勾當賺錢。黑石知道阿龜向來心腸軟，以前老被負責的馬子欺騙，寧願自己少抽成讓她們多賺一點，從不知那些女生只把他當冤大頭。不過意外的是他的愚行居然打動了其中一個應召女郎，阿龜脫離黑道後對方決意從良，說要嫁雞隨雞，嫁狗隨狗，二人共結連理，生活清貧卻自得其樂。

「黑石哥您打電話來說要找我，是要人接夜店的清掃工作嗎？對了，上月才有一家新開張……」

「不，我只是來跟你敘敘舊，順便問一下陳年往事而已。」

「啊，無打緊無打緊，黑石哥您來探望我，隨時歡迎。」阿龜略微失望，但仍對黑石來訪感到高興。

「不妨礙你工作嗎？」

「人家辦公室還沒下班，黃昏才開工。」阿龜指了指牆上的鐘。

「一個人搞定？」

「還有兩個部下，一個全職一個兼差。」

「哈，阿龜你今天也和我一樣是老大了。」黑石笑著呷了一口熱茶。

「怎麼能和黑石哥您相提並論？」阿龜不好意思地笑著。當年黑石看到阿龜手頭緊都會仗義疏財，阿龜對這個大哥很是感恩。「黑石哥您說有舊事想問我？」

「對。你記得四年前鄰街那起分屍案吧？」

阿龜聞言一愣，緊張地點頭。

「怎忘得掉？那真是誇張，老天……」

阿龜當年在清潔公司打工，某天清晨老闆來電要他臨時出勤，他沒料到居然是清理命案現場。他工作的企業受聘於政府，老闆賺個盆滿缽滿，付出勞力以換取微薄酬金的卻是員工。阿龜因為住得近，鑑識人員還沒處理好他便到場，目睹那遍地碎屍的慘狀，幾乎當場昏倒。他趁警員沒察覺，偷偷用手機拍了幾張照片，打算留個紀錄——他倒沒想過照片可以賣給媒體，讓他小賺一筆。

黑石當年傳給大鶇的照片，便是阿龜所拍。自從一週前黑道大會上，充爺禁止各方調查孕婦殺人魔的事後，黑石便老是覺得四年前的事件和眼下的連續殺人事件有著微妙的關係，既然他無法違抗四巨頭的指令，那就不插手新的案子，改從舊案入手。

「那天你在凶案現場，有沒有察覺任何奇怪的地方？」

「咦，黑石哥您怎麼查起那案件來了？」阿龜心直口快，沒回答黑石的問題，反倒提出疑問。

「最近老吉出監，我們見過面，談起一些往事。」黑石沒完全坦白，畢竟他不想牽扯已退隱的阿龜進這種麻煩。「我發覺我當年好像誤會了一些細節，雖然只是雞毛蒜皮的小事，我就是有點在意，不弄個清楚明白總有點不爽。」

「我明白！就像我替人家清潔地毯，即使角落只有一丁點污垢，我還是得把它除掉才安心……」阿龜點點頭，再掏出手機，「當年那現場啊，就是一片血腥嘍。那些照片我還保留著，明明不想再看到，我卻老是覺得它們是很重要的紀錄，刪不下手……」

「當年你傳過照片給我，我看過了。」黑石示意阿龜不用打開手機給他看，「我想知道的是，你清理現場時有沒有發覺任何不尋常的事情。」

「那個案件本來就很不尋常吧？」阿龜皺皺眉，就像想起當天置身於屍塊當中的恐怖。「雖然有點無稽，但我到今天還是覺得那不是人類所為，而是猛獸或惡魔妖怪之類行凶。人的身體有這麼脆弱嗎？那根本是被丟進大型絞肉機才會弄成這樣子吧……」

黑石也同意。他當年看過照片，跟阿龜今天的想法並無二致。

「……不過比起機械，我更覺得是野獸。」阿龜最後吐出這句。

「為什麼？」

「因為屍塊太少了啊。」阿龜用手比劃著，「我看到仵工和鑑識人員將大件的屍塊包好帶走，加起來才不過一小箱，我看頂多只有幾公斤重。假如是老虎吃人，那不就很合理嗎？屍體都在老虎的胃裡，餘下的碎屍便寥寥無幾了。」

黑石對阿龜的說法有點詫異，但又覺得不無道理。他只從照片看過現場，沒法知道鏡頭外還有多少屍體碎片。

「啊，還有一點有些奇怪。」阿龜突然再說，「警察好像很隨便，沒用心蒐證。」

「什麼意思？」

「這麼嚴重的凶案，警察不應該花一整天調查現場嗎？但我早上便被老闆召去等候清理環境了。當局發現案件後就馬上想到找人清理，他們在民生工作上有這效率就好了。」

黑石沒想到阿龜點出盲點。

「或者他們擔心民眾看到那慘況，必須在被記者拍到照片引起轟動前清理現場吧。」黑石說道。雖然這可能是事實，但黑石心想警方甫發現案件便聯絡業者善後，這程序未免執行得太熟練，阿龜的疑惑有其道理。

「可能吧，那種環境多待半刻鐘人都會瘋掉……黑石哥，其實我當年離組也是這原因。雖然當三七仔不會遇上什麼大風大浪，但偶爾聽馬子說客人喜歡粗暴的玩法，那時候我就常常做惡夢，夢見馬子失蹤，然後我在賓館房間裡發現她們被分屍的場面。黑石哥您這麼罩我，我卻沒能好好回報，實在於心有愧……」

「安啦，阿龜你為人太正直，我覺得你現在的生活還比較好。」黑石笑了笑，「蛇有蛇路，你這隻烏龜是走不了我們這些毒蛇的路啦。」

「哈哈，也對。當時我還沒能立定主意退出，但一個月內遇上兩次那種鳥事，我就覺得是上天意旨，叫我別再當皮條了。」

「兩次？」黑石微微訝異。

「啊，第二次沒第一次那麼可怕，我只是碰巧看到那變態被捕而已。」阿龜嘆一口氣，「而且又是那廢屋旁，哪有這麼巧合？這是老天爺給我的啟示吧。」

「你看到犯人落網的過程？」黑石想起大鵰被捕的新聞。消息指刑事一課追蹤到犯人，犯人逃跑至殺過人的現場附近，再被警方成功圍捕，並且發現另外兩名死者的遺骸。

「只有被抓住帶上警車的一刻。」阿龜將視線移往窗外，就像注視著被其他大樓阻隔的鄰街，回憶當天的景況。「那一晚我剛送了一個馬子接客，將車子停在近廢屋那邊的馬路旁，等她完事再接送她給下一個恩客，結果忽然好幾輛警車開過來，我還以為條子來抓我，結果他們直接經過我身邊。我這時才留意到路旁停了好幾輛陌生的車子，有些還有人留守，有穿制服的條子下車後跟那些留守的傢伙說話，我才猛然察覺原來我把車停在刑警旁邊，真笨。」

「那是一課的刑警？」

「應該是吧？殺人案都是他們管的，對不對？」阿龜聳聳肩，「後來的條子都一副如臨大敵的樣子，反而刑警卻神態輕鬆。我按下車窗偷聽他們說話，細節聽不清楚，但大概是吩咐封路，禁止市民進入廢屋範圍。我記得刑警說了一句『人已抓到，現在組長在現場盤問和調查』，穿制服的只緊張兮兮地點頭，拉封鎖線膠帶。十幾分鐘後，一群應該是刑警的傢伙押著一個用外套蒙頭、手腕被銬上的男人從廢屋走出，坐上一輛黑頭車。」

「那男人恐怕被打得很慘，不是被押著而是被扶著吧？」

「那倒沒有，我記得犯人走路的姿勢很正常，滿淡定的，押著他的刑警也只有一人。」阿龜摸了摸下巴，「我是第二天看新聞才知道那是殺人魔，當時還以為只是一般案件，抓了個藥頭之類……老吉不是一向在那邊賣藥嘛？」

黑石對阿龜的證言感到奇怪，因為他知道以大鶇的個性，不會毫無反抗便束手就縛。

「你還有沒有留意到什麼事情？」

「嗯……沒有什麼特別的，我那時候又不知道跟之前的分屍案有關，就是以為賣藥的跟買貨的一起被捕。也是啦，抓個藥頭哪用這麼大陣仗……」

「等等，你說『買貨的一起被捕』？」

「犯人被押走後，條子們還帶了一個穿T恤的青年出來，沒帶上手銬，看裝束肯定是一般人。我後來知道是殺人事件，才想那個青年可能是受害者之一，那變態在廢屋裡還殺了兩個女生吧？搞不好那個大學生模樣的男生被殺人魔綁架，差點變成第四個被害者……」

「那男生有沒有蒙頭？你有看到他的樣子嗎？」黑石大為緊張，因為阿龜碰巧用上「大學生模樣」來形容對方，讓他想起老吉提過的那個神祕青年。

「沒有蒙頭，我就是頭腦不靈光，沒蒙面的自然不是嫌犯嘛，第二天看電視才想起來……不過新聞沒提，八成是為了保護當事人吧。」阿龜說得口乾，喝了一口茶。「他的樣子我有看到，短髮男生，中等身材，但沒有什麼特徵可以說……我看大約二十歲左右？表情有點茫，不過剛脫離魔掌，任何人都會情緒紊亂吧……」

「你記不記得他身上的T恤有什麼特徵？有沒有戴眼鏡？穿什麼鞋子？」黑石追問。他覺得這男生說不定就是老吉口中將阿白一拳打飛的神祕青年。

「這麼仔細我說不出來啊……黑石哥您自己看就好了。」

「自己看？」

「我有偷偷拍照片。」阿龜邊說邊滑手機，再將手機放到黑石眼前。

照片中，兩名穿西裝的男人站在一扇打開的車門旁，正要讓一個青年上車。一如阿龜所說，青年年約二十，像個大學生，身穿灰色T恤和短褲，腳上只有一雙不知道是涼鞋還是拖鞋，一身居家服。手臂和小腿上有些傷痕和污跡，衣服也髒兮兮，說他是逃出虎口的倖存者也合理，可是黑石覺得這假設不對勁。

假如是受害人的話，應該由醫護人員照料。

黑石將視線移到照片中青年身後的其他男人身上，很快他便認出其中一人——那是不時在媒體露面的刑事一課組長泰士。

——到底這青年是誰？他為什麼在案發現場？他就是擊退老吉和阿白的男生

嗎？他和大鶇為什麼會在廢屋？

黑石心裡冒起一串疑問。當年他對大鶇認罪感到不解，但他還可以說服自己或許看走眼，對方是個深不可測的殺人魔；但如今冒出更多不協調的事實，令他覺得大鶇被用作頂罪的想法愈來愈可信。

「可以給我這照片嗎？」

「當然沒問題。」阿龜操作手機傳送，眼睛沒離開螢幕，嘴巴繼續說，「這是黑石哥您說想弄清的小事嗎？」

「我也不知道，姑且留下照片。」黑石微笑道，「況且條子的照片很有用，認得他們的樣子，將來遇上也能及早察知危機。」

「對，對。」

阿龜沒想過，對黑道來說一課刑警的照片其實用途不大，畢竟他們又不會派成員擔任臥底——只是既然黑石哥說有用，那就一定有用。

黑石之後問及其他細節，但由於已事隔四年，阿龜也忘得七七八八，結果沒能提供額外的線索。為了讓自己的用意不至於太明顯，黑石在問完事情後，跟阿龜閒聊了大半個鐘頭，期間阿龜給前老大看了不少家人的照片，又抱怨清潔業界的黑暗，像是某些公司總拿到利潤高的公務案子，他的前老闆便是一例。

「接下來讓老吉看看這照片，認認這男生是不是就是打飛阿白的傢伙吧。」告別阿龜後，黑石邊走邊想。這趟調查有難得的收穫，即使無法找出真相，也大概能多找出一點端倪。

然而，這意外收穫抓住了黑石的注意力，削弱了他一向保持的警覺性。

「喝！」

黑石霍然察覺路上有點不平靜。附近的店鋪都拉上閘門，有些人迎面奔來，邊跑邊回頭察看，前方的喧囂愈來愈大，愈來愈近，接著跑來的不再是一般路人臉，而是一張張戴著面具的示威客。

「啊呀！」

一群穿制服的警察從後追趕著逃跑的面具人，有些被抓住，有些在反抗，有些順利逃脫。有警察揮動警棍往倒地的示威者狠狠毆打，再讓同僚逮捕無力還手的對方，就像工廠流水作業線那般熟練。一個面具被打脫、血流披面的短髮女生倒在黑石身旁，和黑石四目交接——那不是求助的眼神，而黑石也沒有援助之意，兩人就像是兩條不應相遇的平行線，偏偏在某個奇妙的空間命運令彼此接上。黑石看到女生T恤上寫著「當權者＝屠夫」的字樣，下方印著英文字「V.Haven」。黑石書念得不多，但碰巧學過這詞語，知道那是譯作「V．避風港」，這時他才想起他曾在電視見過那個站在台階上高呼口號的大嗓子男性，就是上次探望老吉時從電視上看過。

「前面的別動！」

一個戴頭盔的警察朝黑石呼喝道。黑石立即高舉雙手，示意自己跟面具客不是同伴，但警員沒理會，往黑石側腹擊下警棍。

「啪！」

警棍沒有打中黑石，他抓準時機，用左手擒住對方握棍的右手手腕，力度之大、速度之快令施襲的警察嚇一跳。

「你敢拒捕！我——」

警員的話只說了一半，令他止住的不是黑石的拳頭，而是對方的動作——黑石伸出雙手，手腕靠攏，示意對方逮捕自己。

「長官，我只是路過的，你可以拘捕我，但我不想無辜吃你一棍。」

那警察稍稍愣住，只好指示後方的同僚抓人，再追捕其餘示威者。黑石明白這環境來硬的只會吃虧，只怪自己心不在焉，沒有在衝突發生前離開。嘗試跟在前線殺紅了眼的條子糾纏是行不通的，如今只能看看能不能跟後勤警員講道理，黑石慶幸今天身上沒有帶傢伙，即使搜身也不會讓他惹麻煩。他多年來是警署常客，熟知程序，曉得在這遊戲規則下如何反客為主，有必要時還可以讓律師給條子看看臉色，投訴對方失職濫捕。

黑石被帶到集會的空地，先前的人群已消失，取而代之的是站在一旁、雙手放在頭上的一列被捕示威者。他們正輪流登上警車，押著黑石的警察指示他走在隊尾。

「你真的只是路過的？」接手的高個子警察聽到他和操警棍的警員對話，在等候上車時問道。

「嗯。」黑石點點頭。他知道對方也想減輕工作量。

「你來這兒做什麼？」

「找朋友，剛離開鄰街的龜記清潔公司。」黑石實話實說。

高個子搔搔頭髮，示意黑石放下雙手，像是打算讓他離開。

「別放他！」一聲么喝響起，黑石和高個子回頭一看，只見那個拿警棍的警員推著一個走路一拐一拐的男生，朝著自己大嚷，「他剛才拒捕、襲警！」

「靠。」黑石心裡罵了一句，恨不得賞對方一拳，但他的理智不容他這麼做。

「他沒有出手吧？」高個子攤攤手，「況且他說得出自己探望朋友的地方……」

「我不管！帶回警署由我親自審問！」

「這個……」

「我看你不夠資格盤問這傢伙啦。」

就在三人僵持之際，一道低沉的聲音從後響起。

「什麼？誰干涉警察辦公？給我拘捕——」

黑石和兩個警察轉身，只見一名穿西裝的男人舉起警章，抵住暴躁警員的臉，令他無法說完那句話。

「這傢伙是東區最大尾的角頭，學弟你打算讓公安課揹上整個東區的黑道嗎？要審問這種惡棍，還是讓我來吧。」

兩個警員一臉訝異，而黑石稍稍皺眉。

那名穿西裝的男人，是專門對付黑道的刑事二課組長宏志。

11

執法者Ⅳ ・ 暗影

「……有組織現於東區舉行集會，抗議政府打壓異見人士，警方發言人重申該集會事前沒有申請許可，呼籲參與者盡早離開……」

電台新聞如此報導，宏志抓住方向盤，思考著該走哪一條路前往東區。他不是要去插手公安課的工作，事實上，他甚至不想在這天前往東區，因為他預料待會離開時會遇上大塞車；不過他只能利用今天的休假進行私下調查，平日得兼顧處理各大大小小的黑道案子，分身不暇。

私下調查的事，自然是荻純的案件。

荻純住進安全屋已有一週，宏志察覺一課行為有異後，決定瞞著同僚，祕密偵查。然而孤軍作戰是兵家大忌，所以他選了泉作為同夥，擔任他的副手。

「組長，我們瞞著一課將人搶過來了？」宏志帶泉到安全屋見過荻純，告訴泉他會和她輪流留守後，泉趁著荻純上洗手間時趕緊拉著上司，按捺著內心的驚訝小聲問道。

宏志將荻純逃跑、跟自己交換條件、一課行動可疑等等如實相告，並且補充一句：「她不一定對我這個刑事課組長老實，但也許會對女性鬆口，多透露一些祕密。泉妳足夠精明去擔任這職務，這段日子妳看看能不能跟她交心，摸清城南黑道的更多底細。」

「我明白了，組長，」泉輕咬嘴唇，「不過我是兵，她是賊，我不認為她會對我敞開心房。」

「她是賊頭的女人，不是賊，這中間有一點分別。」宏志輕聲笑道。

泉點點頭。泉很信任宏志的判斷，但此刻也不禁有一絲懷疑，組長的防人之心會不會過輕，荻純的美色是不是發揮了一定作用，又或者打中宏志的是那個鼓脹的腹部，畢竟正常人都會對孕婦有多一份同情心。她的想法不全然錯誤，宏志的確對荻純有點心軟，但原因卻是來自荻純的內在而不是外表——荻純不像過去一些污點證人，抱怨安全屋的環境和伙食差，那天晚上和宏志一起吃泡麵的樣子，讓他察覺她在成為大姐、跟剛哥一起共享富貴之前，也應該吃過苦，在社會低層熬過。

宏志安排泉白天到安全屋照料荻純，自己則在晚上留守。過去一個禮拜，宏志搬了數箱二課的檔案到安全屋，每天查問。縱使收穫不多，但宏志得到數條過去沒發現的情報，數個不曾出現在紀錄上的地址浮面，他可以交給部下繼續追查。

另一方面，宏志私下插手調查連續殺人案。

宏志當然不可能在此勢頭到一組密切關注下的城南查案，所以他將焦點放在前三起孕婦被殺事件上。

護理師、酒吧女侍、小三。前兩者下班後失蹤遇害，後者在家中被殺人魔所殺，考慮到性質和案發時間，宏志決定從第三起案件入手。四天前，他到過第三名受害者的住所附近查看，和當地的街坊鄰里攀談，旁敲側擊，探問線索。

「先生你是記者吧？還是那些直播主？自從那可怕的案子發生後，這社區就多了很多生面孔。」死者居所隔鄰一個麵攤的老闆說。宏志沒表明警察身分，他只是在吃麵時和老闆閒聊，談及命案。

「我不是啦。有很多記者嗎？」宏志笑道。

「這樣說好像有點壞心，但因為那案子，我的生意變好了，平日這邊都只有街坊光顧，現在多了你們這些外來客。」老闆一邊收過另一位客人的錢，一邊對宏志說，「案發後的一個禮拜我忙到手停不下來，記者也要吃飯嘛。後來漸漸變少，卻因為前些天發生第四件案子，又來了一票什麼網路名人，說要拍影片追查殺人魔。這世代光怪陸離，一般人都能充當記者和偵探，我年輕時才沒想過有這麼一回事……」

宏志沒能從街坊口中問出什麼有用的情報，反而因為麵攤老闆的話，令他好奇網上那些「名人」到底拍了什麼影片，結果讓他十分意外。他至少找到八個直播主或部落客拍片討論案情，挖掘出很多祕聞——雖然宏志不確定真實性——而且還配合實地拍攝的片段，就像真正的新聞追訪節目。

「死者曾經在某A字頭的銀行工作，去年辭職，無業獨居卻從不拮据，所以有傳她是A銀行其中一名董事的小三……」

「鄰居曾目擊懷疑是死者男友到訪，指那男人衣著氣派不凡，駕駛名車，更佐證死者為富人情婦的說法……」

「案發時鄰居都沒聽到聲音，據聞死者房子改裝過，隔音性能極好，相信是董事男友擔心身分曝光，他和小三的對話被偷聽，故此防範於未然，卻料不到這為殺人魔提供了莫大的方便……」

宏志從不同的直播主口中聽過以上論點，在無法動用刑警身分查證下，他認為姑且可以當作參考。

有直播主獲粉絲提供影片，拍下了命案發生當天一課派員搜查的經過。宏志在一眾舉起手機拍攝的群眾和記者之中，看到泰士嚴肅地走進死者住所大門的樣子。網路上還有不少相似的片段，每一條都拍下了一課成員的狼狽相，即使沒有記者不識時務地攔下刑警發問，一眾警察都臉如死灰，觀眾都能從畫面體會到他們的挫折感。

宏志發現，追查這案子的直播主通常也有追查前一名死者的探案影片，一樣有人拍下了警方發現屍體、圍封現場的過程。第二名死者的屍體被發現在她工作的酒吧附近，有影片更拍下了仵工抬著黑色屍袋放上接體車，播放該片段的直播主更繪聲繪色地描述屍體如何被凶手剖腹，胎兒怎樣被殺人魔殺害。

「菲律賓的民間傳說中有一種叫Mananggal的妖怪，牠們能讓上下半身分開行動，長著翅膀的上半身會在夜間狩獵孕婦，吃掉胎兒，說不定這次的凶手正是這樣的怪物……」

宏志認為這是無稽之談，不過這令他想起泉以前的說法——凶手不可能是妖怪，但假如是精神有異、以為自己是怪物的傢伙，仿效獵食胎兒，這種可能性便不能排除。

兩天後，宏志再趁工作空檔到前兩名死者上班的地點和屍體發現場所調查，可是沒有新發現。兩名死者都獲同事或老闆讚譽，說為人親切，容易相處，在酒吧工作的第二名死者更讓宏志意外，他本來以為對方是個不正經的女人——尤其他聽聞她有多個性伴侶——但酒保和顧客都說她為人友善，經常照顧那些到酒吧釣凱子的少女；關於她的謠言是由於她下班後不時有不同的公子哥兒來迎接，所以才會被好事之徒加油添醬說她濫交。不過，誰是孩子父親就真的沒有人知道，據說她都不願意跟同事透露。

第一名死者也有點相似。

首名受害者在西區的大醫院上班，同院的醫生和護士都盛讚她盡責，她尤其熱心對待那些窮困無依的病患，不像某些護理師刻意巴結有錢的病人。然而沒有人知悉她懷孕的經過，跟她同一部門的護理師從沒察覺她有男朋友，直到肚子隆起來她才告知上司，但對於私人生活則三緘其口。「孩子父親是有家室的醫生」的說法便因此而來，畢竟這可能性的確最大。

因為一無所獲，宏志決定再趁休假偵查，到第一名死者的家附近打探。首名死者雖然在西區工作，但家住東區，宏志猜想假如殺人魔早盯上獵物，也許曾在死者寓所附近現身。本來他沒想到這天要探聽什麼情報，但昨晚他意外地發現突破口。

在安全屋大廳的沙發上，宏志確認荻純安好後打算好好睡一覺，但睡前仍打開網路搜尋，看看那些部落客有什麼新的爆料。看了一堆差不多的影片、聽過一堆似是疑非的理論後，宏志感到睏意濃烈，正想關掉手機之際，卻被一個畫面抓住視線。

那是某個頗受歡迎的直播主比較四起殺人案的特集，論調不值一提，但影片中有首名死者的屍體在垃圾場被發現的片段，畫面中同樣有不少民眾舉著手機拍攝。令宏志清醒過來的，是人群中的一個青年。

青年看來二十來歲，短髮，身穿一件棕色polo衫，肩上掛著一個偌大的側背包，看樣子是專業的相機袋，不過青年和其他人一樣用手機拍攝。最先抓住宏志注意的是那股彆扭的感覺，今天照相機似乎敵不過方便的手機，連攝影師都放棄專業器材；但他多瞄一眼那青年的相貌後，整個人赫然清醒過來。

宏志對這青年有印象。

他立即翻看之前看過的其他影片，確認自己沒有記錯，這青年也曾出現在第二和第三起命案的現場，同樣在人群中拍攝。第二和第三次他都待在人群後方，宏志沒看到他有沒有帶著相機袋，而第一次則十分清楚，因為人群比之後的疏落。

直播主和部落客追蹤案子，是在第二次案發後，確認凶手重複犯案才開始，即使假設某直播主住在酒吧附近，碰巧身處現場拍到情況，在第三起案子發生後再立即動身到現場拍攝，那他也頂多只會出現在兩次事件的圍觀群眾當中。

而青年則「巧合地」三次都在現場。

除了一課的成員外，三起案子不該有重複的臉孔出現。宏志只想到一個可能性。犯人重回棄屍地點，混在人群之中，確認自己沒有留下線索，掌握警察動態。

宏志再看垃圾場的影片，不由得聯想到可怕的事實——那個相機袋裡放的是相機嗎？還是放著不久前從死者身上摘下、血淋淋的子宮和胎兒？

無論如何，這值得追查。宏志知道翌日的東區查訪不再是漫無目的，而是詢問死者鄰居有沒有見過這個可疑的青年。

假如沒有這發現，宏志現在聽過新聞後，大概會改天才到東區調查，避開交通混亂；但現在他想緊抓這唯一的線索，盡早找出更多關於這個神祕青年的資料。

「反對官員獨裁！抗議司法不公！」

宏志開車經過東區舉行集會的空地，聽到示威者激昂地喊口號。他瞥了人群一眼，察覺圍觀的市民當中，已有不少便衣警員混入其中——宏志不認識他們，只是擔任刑警的經驗讓他可以一眼看穿誰是一般人、誰是警察。他估計公安課打算殺雞儆猴，近來抗議活動頻繁，長官才不會任由情況惡化。示威者眼中的公民權利，在維持治安的管理者眼中不值一文，畢竟對公安課成員來說，他們的責任是遵從上級的指令，壓下破壞社會穩定的危險因素；權力是否平衡、官員是否獨裁、司法是否公義，不過是和他們毫無切身關係的抽象概念。

到達首名死者居住的公寓大樓外，宏志停好車，筆直走進大門。他這回決定表露身分，畢竟拿著從影片截下的畫面查問他人「有沒有見過這青年」，用上刑警的身分較容易換來合作；不過他不打算透露真實的原因，只採用「懷疑與一樁黑道傷人案有關」當成理由，萬一他調查的消息傳回警署，他也能推說是二課的職務範圍，和連續殺人案無關。

然而，這次的偵查徒勞無功。

大樓管理員說他沒見過這青年，數月前也沒有察覺有任何可疑人物，宏志向附近的商店店員查詢，他們也對那神祕青年沒有印象。宏志想過向商店討監視器影片紀錄，但他更了解到這案子只有他和泉兩名人手，斷不可能有效率地逐一檢查，更遑論首樁殺人案在數月前發生，有些店家已將影片紀錄刪除。

走過四條街道，宏志在記事本裡夾著的地圖上打上最後一個叉，確定沒有任何發現。原本他抱著一絲希望，想像獲得情報，從而推論出下一個調查目標，可是如今卻走進死胡同，他只能原路後退，尋找其他可能。

當他準備開車離開時，更覺得上天有意作弄——公安課剛行動，拘捕非法集會的示威者，東區交通一片混亂。因為警察封路，原本時常堵車的東區接近癱瘓，汽車只能緩緩前進。宏志決定改變心情，利用在車上動彈不得的時間，思考案情。

——課會不會已經發現這青年？泰士是不是一早已鎖定犯人，所以才表現異常？可是為什麼他們要隱瞞調查？青年是不是殺人魔？

宏志搖搖頭，覺得最後的疑問有矛盾。荻純見過殺人魔，她描述的犯人外表、身高和身材都和那青年不一樣。

——所以是共犯？

宏志覺得這推論不合理，畢竟他想像中的殺人魔是個缺乏理性的精神異常人物，假如說荻純口中的「鬍鬚壯漢」被青年唆使犯案，感覺上很不搭調——智慧犯主謀和殘暴地屠宰孕婦的狂徒，宏志實在無法將兩者連繫起來。

「想不通。」宏志自言自語，嘆了一句。他的車子經過集會空地外的街口，交通警員正在疏導車流，示意他先讓另一邊的車通過，宏志便漫不經心地瞧向空地，看看公安課的行動執行得如何。

然而他意外地看到一張認識的臉孔。

「先生！你不能在這兒停車——」交通警員看到宏志下車，立即趨前喝止。

「刑事二課。」宏志掏出警章，向訝異的警員揚了揚，視線卻沒從另一邊移走。

他看到兩個公安課警員似乎和一個男人在爭論什麼，而他認得那男人——人稱「左拳天使」的東區角頭黑石。

宏志走近三人，聽到兩名警員的對話。

「……他沒有出手吧？況且他說得出自己探望朋友的地方……」

「我不管！帶回警署由我親自審問！」

「這個……」

「我看你不夠資格盤問這傢伙啦。」宏志走到拿著警棍的警員身後，插嘴說。

「什麼？誰干涉警察辦公？給我拘捕——」

「這傢伙是東區最大尾的角頭，學弟你打算讓公安課揹上整個東區的黑道嗎？」

宏志皮笑肉不笑地舉起警章，抵住對方的臉，「要審問這種惡棍，還是讓我來吧。」

「長、長官！」兩名警員頓時肅立，雖然刑事課和公安課獨立運作，但二課組長職位比他們高上三級，他們深明可不能得罪眼前人。

「黑石，怎麼淪落到和那些小鬼一起玩示威家家酒了？」宏志瞪著黑石雙眼，對方一言不發，只皺著眉回瞪宏志。

「學弟，他犯了什麼事？」宏志轉向聲言親自審問黑石的警員。

「報告長官，是拒捕和襲警！」

「這傢伙有一堆前科，我帶他回二課審問吧。他的小弟知道老大被捕，恐怕會號召人馬圍公安課分局，但他們對二課還有三分顧忌，就算有膽來挑釁，我們也有應對方法。」宏志邊說邊從腰間取出手銬，扣上黑石雙腕，黑石眼中閃過一絲怒意。

「嘿，不服氣嗎？」宏志嗤笑一聲，讓高個子警員按著黑石肩膀，再脫下外套，蓋在黑石頭上。「你，把他押到我的車上。」

守在宏志車子旁的交通警員看到他們押著犯人前來，雖然不理解情況，也連忙拉起封路膠帶，讓三人通過。

「長官，要我陪同看管犯人嗎？」高個子將黑石塞進後座後，向宏志問道。

「不，這傢伙不敢造次，尤其你們看到他上了我的車子。」宏志拍了拍高個子的臂膀，以示鼓勵。「雖然他是危險人物，但假如出什麼狀況，你們自然能作證，這傢伙不會笨得動手。」

宏志坐上駕駛座後，亮起可分拆的警示燈並放到車頂，響起警笛，使其他車輛讓路給他。他從後視鏡看到公安課的警員注視著他離開，然後再移過視線，看著坐在後座、一臉不爽的黑石。

「他媽的，我這輩子最討厭戴手銬。」黑石瞪了宏志一眼。

「鑰匙在我的外套口袋，你自己開鎖吧。」宏志頭也不回說道。

「你不能用其他方法幫我解圍嗎？」黑石解開手銬，摸著自己的手腕。

「哎喲，狗咬呂洞賓。你不先問問自己為什麼那麼大意？怎會被兩個低級警員抓住？」宏志反問道。

「唉，就是一時大意。」黑石嘆一口氣，「我說，其實你不用出面，反正我到公安課喝杯咖啡就能出來，你和我被人看到在一起更麻煩。」

「安啦，剛才那情況還好，沒有人會在意。」宏志確認車子已遠離現場，便將警笛關掉，他嫌那聲音太吵。「你最近有沒有什麼新資料？」

「上次給你的名單你已經查完了嗎？二課效率才沒有那麼高吧？我看你頂多只調查了一半，還有一半沒處理吧。」

宏志微微一笑，有時他覺得黑石比他還要精明。黑石就是給他情報、幫助他對付充爺的線民。雖然警察和黑道理應勢不兩立，現實上他們都知道互為唇齒，兩者只能尋求平衡，而非將對方消滅。宏志在某次調查中認識黑石，兩人可謂不打不相識，身分對立卻發現彼此有著類似的個性，後來宏志決定對付充爺，尋找黑道中可以招攬當內線的敵人時，便搭上黑石。

「四巨頭太霸道，表面上有著良好的管理，實際上卻是『逆我者亡』的恐怖統治。」黑石當時如此說，「我無意擴張地盤，說我志氣小也好，我只在乎東區的兄弟能不能活得安好。這個社會就是有一堆被你們這些『上等人』嫌棄的低端人口，我只是提供他們一個安身立命的居所而已。」

對宏志而言，黑石代表著社會的陰暗面，只是跟四巨頭相比，兩害取其輕，黑石勢力再大也能被二課影響、箝制，不像四巨頭是一頭怪獸。他和黑石都明白到，這種不能曝光的結盟關係只會維持到四巨頭倒下之時，不過他們同時理解，自己有生之年恐怕不會見到這一天來臨。

「我要演戲演全套，跟你到二課走一趟嗎？」黑石將手銬和外套越過椅背，放到副駕駛座上。

「你認為我還會自找麻煩嗎？嘿。在老地方放下你，你再招計程車回來吧？」宏志和黑石通常在西區郊區一條廢村碰面。

「哎，那麼遠……好吧。」黑石本來打算去找老吉，讓他認認剛從阿龜那裡得到的照片中人，是不是那個打跑他的青年——不過他預料老吉不一定記得，對方說過看不清那人長相。

「話說回來，你怎會這麼失策？你不是一向遠離那個示威熱門地點，說過那邊你不會管？」

「剛好去探望一個以前的小弟……」黑石頓了一頓，忽然靈光一閃，「對了，難得遇上你這個城隍爺，我就不用跑到廟裡求籤——你跟一課熟不熟？」

「一課？你怎麼跟一課槓上了？」宏志心頭一震，他沒料到對方口中會吐出這兩字。

「我懷疑四年前一起案子中，一課有所隱瞞，製造了冤案。」

「這指責很嚴重啊。」宏志保持著平穩的語氣說道，「有什麼證據？」

「沒有，只是一堆令人困惑的細節，彼此合不上。」黑石掏出手機，打開阿龜的照片，從後座伸手讓宏志觀看，「這是我那個小弟當年碰巧拍到的，這大學生模樣的傢伙在殺人案現場出來，被一課刑警陪伴，可是他沒有在新聞曝光，看來也不像是受害——」

「嘎——」

車子猛然煞停，黑石幾乎整個人跨過椅背跌進副駕駛座，手機一個抓不穩掉到前面的座椅上，宏志卻沒有理會，焦灼地撿起黑石的手機，緊盯住畫面不放。

「靠！你想害死我嗎？」黑石回頭看看後方，「幸好後面的車沒有貼近，不然——」

「這！這是什麼案子？快說！」宏志伸手想抓住黑石衣領，讓他的頭湊近自己。

「四年前的『東區屠夫』案嘍，就是剛才那個示威空地原址的那一樁，三個女生被殺害分屍，我想你不會不知道吧。」黑石甩掉宏志，一邊整理衣襟一邊說。

宏志臉色發青，默默地從口袋掏出自己的手機，打開一段影片，在其中一幕按下暫停，再將螢幕移向黑石。黑石一開始不知道宏志用意，但當他定睛看了三秒，赫然發現宏志煞車的原因。

畫面裡有兩個仵工抬著屍袋，而圍觀的人群中有一個穿棕色polo衫的青年，舉著手機拍攝。

即使相隔四年，青年的五官變化不大，只是稍稍年長，臉容特徵還是很容易認出。

黑石和宏志察覺，他們正在找的大學生和青年，是同一人物。

12

末亡人Ⅲ ・ 敵我

荻純對泉的第一印象，相當糟糕。

她知道對方也是一樣，即使臉上沒表現出來，泉的眼神明顯流露出一股輕蔑。

一個禮拜前當宏志向荻純說明泉負責照顧她日常起居時，她已感覺到對方的敵意。不過泉沒有讓那份情緒影響工作，完美地擔當保護者的角色，時刻警戒著安全屋附近的風吹草動，甚至在宏志沒吩咐下，換班前採購好食材和女性日用品，減輕荻純的精神壓力，讓宏志晚上查問黑道情報更順利。

然而荻純和泉交流不多，二人之間幾乎沒有對話。

荻純理解對方輕視自己的理由。雖然泉長著一副娃娃臉，但身上總是散發出一股英氣，像是告訴旁人她不比男性軟弱，在刑事課這種陽剛氣息極重的職場裡，她也能獨當一面。荻純很清楚這種女性的想法，她們會覺得「依附男性的小女人」是女性之恥，是令這個社會父權坐大、女性被歧視的幫凶。

更何況她所依附的男人是對方職責上必須驅除的黑道角頭。

諷刺的是，荻純覺得身為二課組長、理論上跟黑道更水火不容的宏志還比泉容易相處。她不知道是因為宏志顯得大方的談吐舉止讓她有這想法，還是宏志和剛哥有著同等分量的硬漢氣息讓她產生錯覺，但荻純總覺得晚上宏志作伴時，比白天跟泉同居一室感到輕鬆自在。

「不對，他們都是敵人。」荻純不時在心裡提醒自己。她自問向二課求援只是權宜之計，她和剛哥不可能跟宏志或泉站在同一陣線上。

三天前發生的一件小事，卻讓她感到她和泉之間的關係起了一丁點變化。

「泉小姐，麻煩妳替我買這些東西。」那天早上，荻純給正在準備午餐的泉遞過一張字條。泉打開一看，上面寫著幾項孕婦用品，包括托腹帶和孕婦枕。

「百貨公司有賣嗎？」泉對產前用品一無所知，但她知道不能問已為人父母的同僚，畢竟宏志下令要提防消息外洩，哪怕只有百分之一的機會被一課察知，泉都不敢大意。

「有，不過那個孕婦枕是舶來品，只有北區的『十五夜孕婦嬰兒用品店』代理販售，妳到這家店能買到清單上的所有東西。」

「我明白了，我明早會準備好帶給妳。」泉將清單放進口袋，轉身繼續處理食材。

「呃，這個……」

「妳想我今天就去買，讓妳今晚使用？」泉察覺荻純繼續站在身後，轉身問道。

她沒有表現出內心的不快，但荻純敏銳地感覺到了。

「不，還有這個。」荻純向泉遞上一支精緻的鋼筆。

「這是什麼？」

「麻煩妳到當鋪賣掉它，將款項用來購物。」

「警方有足夠經費處理這些事，就算妳是組長祕密保護的人物，我們都有方法報銷帳目。」泉努力按捺著怒氣，不讓自己發作——她覺得面前這女人是拐個彎嘲諷警察，暗示刑事二課寒酸小氣。

「請妳別誤會，我沒有看不起你們。」荻純緩緩地說，「清單上的物品品牌有些比較名貴，你們是公務員，用的是公帑，應該有什麼開銷指引，不能超過某金額吧。我接受你們保護是一場交易，我提供你們想要的情報，你們提供我需要的避難所，互不相欠，我有額外要求自然由我承擔。我手上缺乏現金，只好用這方法套現，這是最客觀和合理的做法。」

泉對荻純的話感到意外。警方的確有保護證人的內部指引，可不能亂花預算，荻純的考量不無道理。

「妳不能將就一下，用比較便宜的貨色嗎？」泉反問。

「為了這孩子我不能妥協，我必須用盡方法讓他平安健康地出生。」荻純斂首低眉，按捺著痛苦說，「他可能是剛哥遺留在世的唯一血脈……」

這一剎那，泉心裡泛起一絲同理心。即使對方是角頭的女人，是靠非法勾當賺來的骯髒錢吃喝玩樂的不義之徒，泉明白到荻純和自己一樣是一名女性，是天生具備母性的女性。

「我明白了。」泉接下鋼筆。那鋼筆看來是外國貨，手工精緻，筆蓋上刻著一個英文字「Moonland」，她不曉得是廠商還是品牌系列的名字。「這是男用的鋼筆？」

「這是剛哥常用的，我把它當成護身符，時刻放在包包裡。」

「這麼重要的東西……」

「我說了，孩子比一切優先。」

二人關係沒有因此破冰，但翌日泉將兩大袋物品交給荻純時，她感到對方由衷的謝意，而她也回報一個發自內心的微笑。

因為泉的態度稍稍改變，荻純才察覺到泉原先的敵意並非單單基於立場和個性迥異，還摻雜了私情——她發現泉和自己之間的隔閡在黃昏宏志來接班時尤其明顯，泉會在一些細微的舉動上略微不自然。

女人的直覺告訴她，泉對宏志抱持的心意，不止於下屬對上司的尊敬和仰慕。

荻純認為泉對自己稱不上是嫉妒，但肯定對宏志願意為她這個有黑道背景的女人背著一課行事感到不是味兒。過去，她遇過不少男人為她的美色而起紛爭，見過不少恨她的女人，縱然泉對宏志的感情可能仍不能及「單戀」或「愛慕」的程度，想到自己有好感的男人每晚跟一個美豔少婦獨處一室，荻純便很理解泉內心五味雜陳的理由。

「哈，我們怎麼可能？」荻純暗想，心裡對這誤會嗤之以鼻。

不過她才不打算解開這誤會，她沒有責任介入這些無聊的曖昧，為泉或宏志製造機會。

「……東區示威集會演變成流血衝突，警方公安課派員驅散，拘捕超過三十名示威者……」

電視播放著新聞，荻純坐在沙發上，漫不經心地瞧著螢幕，而泉坐在客廳另一邊的餐桌前，埋首處理她從辦公室帶來的文件，撰寫之前未提交的報告。那些都是一些瑣碎的案子，她很清楚重要的文件不能帶到這安全屋，畢竟荻純有可能變成洩密漏洞。

「叮咚。」

門鈴響起，二人頓時提高警覺，荻純從沙發站起，打算進入臥房，泉則伸手摸著腰間的手槍，準備到大門前查看。

「叮、叮、叮。」

門鈴響過一聲後，再傳來三下短促的鈴聲。泉和荻純放下警戒，因為她們知道門外人是宏志。他們議定好暗號，即使不用看門外的監視器，也能知道是不是自己人。這套手法是二課保護證人的慣例，曾有黑道殺手用槍威嚇接班的刑警，意圖闖進安全屋裡殺死證人，結果被威脅的警員故意不打暗號，殺手一進入屋內便被制伏。

「組長，您早了……咦？」泉打開大門後，發現宏志身後還有一個戴太陽眼鏡的男人。她感覺對方有點面善，但一時想不起來。

「放心，是自己人。」宏志用拇指指了指身後的傢伙。

「二課什麼時候降低了標準，給國中生入職了？」男人瞧了泉一眼，語帶嘲諷地說。

「你這混蛋別欺負我的能幹部下。」宏志一邊關門一邊罵道。

「他是——」泉瞧著男人，向宏志發問。

「荻純小姐妳好，我是刑事二課的特殊顧問，妳可以叫我K先生。」男人沒理會泉，逕自走向坐在沙發上的荻純旁邊，「我來是有幾件事想請教妳，希望妳能提供消息。」

荻純對這個冒昧的男人招架不住，越過對方肩膀瞧向宏志，卻看到他和泉正在輕聲對話，泉更訝異地望向這個自稱K先生的男人。

「什、什麼？」荻純邊說邊從沙發移開半個身位，拉開與K先生的距離。

「妳有沒有見過這青年？」K先生掏出手機，畫面正中有一個大學生模樣的青年，旁邊還有幾個穿西裝的成年男性。

荻純定睛細看，然後搖搖頭。

「這是四年前的照片，請妳仔細看清楚，回想一下妳遇襲前有沒有在住所附近見過類似的年輕人。」K先生咄咄逼人地將手機推往荻純面前。

「沒有，我確定沒有。」荻純堅定地回答。

「他現在的樣子是這個。」宏志走近二人，遞上自己的手機。荻純在畫面裡看到一個穿棕色polo衫的男性，她認得和剛才K先生給她看的是同一人，只是年齡有差。

「沒有……這個人怎麼了？」

「我們懷疑他涉及這一連串的孕婦殺人案。」宏志回答。

「你們懷疑他是殺人魔？不對啊，我看到的凶手才不是這個人，真凶比他強壯高大，而且更年長，臉上有鬍子……」

「他可能是共犯，或主謀。」K先生插嘴說。

「咦？可是……」荻純指了指K的手機，「旁邊這個男人是一課的組長吧？他怎麼可能會和孕婦連續被殺事件的犯人在一起呢？這一定是弄錯了吧。」

宏志和K先生沒回答，二人彼此互瞄一眼，像是對荻純的問題同樣不解。

「你們調查起那事件了？這沒必要吧？」荻純再說，「我要求二課保護我，是因為我知道一課不惜拿我和孩子作賭注，但我沒懷疑過那些傢伙追捕殺人魔的決心，我跟他們說明案發情形時，他們都很認真聆聽，問過很多細節。一課是對付這種凶手的專家吧？你們二課專業不在此，硬要調查不是白費工夫嗎？」

荻純當初向宏志提出的條件很清楚，「在殺人魔落網前不能讓一課知道她的去向」——她深信只要殺人魔被捕或被殺，自己便會安全。

「好，那件事我們姑且擱下。」K先生收回手機，「我接下來要問的是黑道情報，這是妳和二課的協定吧？」

「嗯。」

「田剛失蹤後，妳為什麼沒有投靠其他老大？田剛有很多對頭人，但也有不少盟友，城南還有永森這號人物，妳認為刑事一課立心不良，要躲避他們的監控利用，大可以找永森，犯不著要和二課這種敵人合作。妳到底有什麼居心？」

荻純聞言臉上一陣紅一陣白，好不容易才吐出答案：「沒有居心，有居心的是剛哥的那些『盟友』……遇上殺人魔之前我已經找過他們，他們都要我成為他們的女人才願意幫我維繫剛哥原來的『生意』。」

K先生臉上沒有表現出半分意外，像是早料到答案，只是想證實一下；宏志稍稍皺眉，像是理解到荻純在無可奈何下才投靠自己；反而泉反應最大，她沒想過荻純遇過這種難堪的處境，被乘人之危，落井下石。

荻純本來隱瞞了部分切身的消息，沒一一向宏志坦白，但如今察覺無法繼續隱瞞，唯有將自己如何被所謂的「盟友」欺壓占便宜，剛哥的地盤如何被吞併盡數說明。不過，她知道有一些事情絕不能透露，像她遇襲前曾到過那個老人的家求援，就不能告訴對方。

她察覺到眼前這位K先生比宏志還要危險，難以確認是敵是友。

女人的直覺告訴她，這傢伙也是黑道中人。

13

蟲Ⅲ ・ 原則

「A隊已到達後門，等候指示。」

「B隊準備好，隨時可以進入室內。」

「A隊守候，B隊破門。使用最低武力，重複，使用最低武力。」

泰士朝麥克風下達指令後，只能耐心等待，期求部下行動順利。

然而「順利」正正是泰士這幾月來完全沒遇上的兩個字。接連三個開膛破腹的孕婦屍體已令他頭痛，第四起案件還要牽扯到黑道的地區角頭，泰士以為那個倖存的女人可以讓事件早點結束，怎料自己的無能下屬居然給她跑掉失蹤，案情回到原點。

「泰士，假如不能及早解決事情，我們會有麻煩。」

阿鐵的父親在電話跟泰士如此說。

和人類一樣，泰士深明他們的種族裡同樣有政治和權力鬥爭。固然族人大都同仇敵愾，明白到滲入人類社會、支配人類是恆久不變的大原則，但水面下總有不同勢力彼此較勁，爭一日之長短。比如說，有人主張祕密的菁英主義，安插更多族人擔任國際組織領袖，有人則建議降低審核人類「協助者」的門檻，製造更明確的階級，加速壟斷各國政府的進程。事實上，還有少數族人擁抱原始主義，期望文明大倒退，他們一族能回到一兩千年前的黑暗時代，被當成妖魔肆意掠食人類，讓那個充滿恐懼和無知的世代重臨。

泰士一直支持著阿鐵的父親，而由於刑事一課的高效率運作，阿鐵父親在政界聲望日隆，不少族人投靠，派閥漸成。也因此這次的「孕婦連續被殺案」遲遲未能解決，上層自然擔憂，連帶阿鐵父親的勢力受到影響。

星星之火可以燎原，泰士明白到眼前的一點小火花，足以改變世界全貌——就像一百年前，誰想到一個知悉內情的人類刺殺一個兼具王族身分的「協助者」，會成為世界大戰的導火線？

荻純逃跑後，泰士不得不修正方向，用回原來的偵查步調。雖然沒有公開——當然不可能公開——一課的確掌握到大量情報，就像四年前泰士也能一步一步縮小範圍、在數百萬人的大都市中鎖定一人，他沒想到任何往事不能重演的理由。

只是結果偏偏和預期相反，每次調查稍有進展，還是落空收場。

這天下午，一課收到情報指那個「鬍鬚男」出現在城南工廠區附近。泰士確認消息後立即動員前往圍剿，如今他身處工廠區外圍的指揮車上，部下們分成兩隊，正前後包圍目標的鐵皮屋。

泰士知道這一晚不會是行動的最後一幕。他很清楚「鬍鬚男」只是一枚棋子，抓住對方，頂多只會讓自己更接近幕後的那傢伙，減少一個被操控的小卒。不過，好歹這會是一點進展，可以好好向阿鐵父親交代，緩解恩師面對來自政界同族的壓力。

「B隊現在破門。」

阿鐵的聲音從耳機傳來。對泰士來說，阿鐵是可造之材，他深信不久的將來阿鐵便會取代他成為一課指揮官。他唯一擔心的是阿鐵實在太嘴饞，對方的食欲之深，簡直就像歷史上那些有名的妖怪，因為吃人太多而成為傳說。他知道上星期阿鐵吃掉了兩個「外約妹」，三天前又吃了一個女孩。離家出走的女生人間蒸發很好處理，倒是最後那個女孩讓泰士有點為難——那個十二歲的孩子只是和父母吵架而逃家兩天，生活課找到她，讓她暫留在警署後，阿鐵居然忍不住將她吃掉。

「組長，我實在太餓了……但我有操控她讓她寫下字條，叫父母別再找她。他們只會以為她再次出去玩。」

「阿鐵，那孩子在一課也有檔案。」泰士本來暴跳如雷，但此刻他只想如何解決這種芝麻小事，集中精神處理真正的大案件。

「檔案？」

「那孩子的父親是協助者。」

阿鐵明白自己闖禍，但他和泰士亦深明另一原則——協助者「只是」人類，族人犯不著為了區區牲畜內訌起爭執。

一課對於應對這種情況，經驗豐富，所以倒沒有再出岔子。泰士可以選擇一併吃掉女孩的父親，不過對方在商界還有很高的利用價值，故此他採用了另一方案，調動殮房的資源，偽造女孩的死訊。公眾殮房隸屬於政府衛生福利部，刑事一課以外最多族人就職的部門便是這機關，畢竟偽造死亡證明、讓屍體消失等等，也得靠這裡的人員善後處理。衛生福利部的部長健司和泰士是好友，雖然二人政見不同，但工作上彼此配合，所以多年來族人能安心獵食。

健司的其中一項任務，便是適當地調動屍體，將一些無名氏死者在有必要時偽冒他人身分，又或者在屍體上動手腳，讓家屬不察覺死者生前遭遇的慘劇。泰士對健司猶如魔術般的發想十分佩服，他曾見過一具可以讓死者丈夫瞻仰遺容的屍體，卻被告知衣服裡脖子以下的部分全是以其他物料偽裝，待火葬後換上一堆動物的骨灰，便沒有人知道那女人被吃剩頭顱的事實。

阿鐵這次的麻煩也由健司解決掉。他從警方戶口組的數據庫找來一個年齡相若、在醫院去世的孤兒，將遺體浸泡在暖水中一天，讓它發脹至難以辨識容貌，再讓泰士通知那個協助者父親，告知他女兒從警署逃跑後意外墜河，遺體翌日才發現。那父親在認屍時倒地哀號，卻不知道自己面前的遺骸只屬於一個素昧平生的陌生人。

也許阿鐵還年輕，才會如此嘴饞——泰士經常如此想。他回想自己多年前血氣方剛，首次吃過人肉後，也有一段時間常常感到飢腸轆轆；不過隨著年紀愈大，他的食欲不復當年，只要每個月吃一條人腿已感到飽足。他預期阿鐵數年後會跟自己一樣，所以他也不打算作聲勸止阿鐵減少獵食。

「趁年輕時能吃儘管吃，這是我們的天性。」當年阿鐵父親曾如此對泰士說。

「B隊報告。」

耳機裡的聲音讓泰士從沉思回復過來。

「說。」

「室內無人，不見目標蹤影。」

混蛋——泰士抽一口大氣。

「後門沒有動靜。」A隊也傳來報告。

「A隊調查後門和周邊環境，搜尋線索，B隊留守室內，我現在過去。」

泰士離開指揮車，筆直往鐵皮屋走過去。房子所在的地點兩旁都是廢置的工廠，這裡見證著城南工業的衰敗，同時成為犯罪分子匿藏的首選地點。鐵皮屋內家具不多，只有數張桌椅和一張帆布床，桌上有些空瓶子和空罐頭。

「有什麼發現？」泰士向阿鐵問道。
「我們的情報遲了，從垃圾桶的廢物和環境跡象看來，對方今早就離開了。」
泰士心想，也許目擊情報其實來自對方撤離的一刻。
「有沒有下個地點的線索？」
「這個……」阿鐵支吾以對，表情怪異。
「怎麼了？」
「我們找到這個，就放在玄關旁的桌子上。」
阿鐵給泰士遞上一張對折的字條，泰士戴上手套接過後，看到上面的文字頓時感到氣促。

「致組長」

泰士認得字跡。他打開字條，看到裡面只寫了寥寥數字。

「你來晚了。別再做多餘的事，我會聯絡你。」

泰士將視線從字條移到阿鐵臉上，只看到對方一臉惱怒，像是對這種挑釁十分不爽。他很清楚為什麼阿鐵有這反應，畢竟過去四年，他對阿鐵和那傢伙之間的齟齬瞭若指掌。

這是裕行的字跡。

14

執法者V ‧ 前塵

宏志在西區郊外人跡罕至的「老地方」等候著黑石。

自從三天前意外發現黑石和自己不約而同地面對同一個謎團，宏志幾乎將二課原來的職務拋諸腦後，部下匯報查找充斋經濟犯罪證據的資料，宏志只能吩咐他們繼續跟進，自行判斷偵查方向。

他現在全盤心思都放在一課身上。

那天在車廂裡看到黑石手機裡四年前的照片後，宏志從對方口中得悉「東區屠夫」一案的種種疑點，包括犯人大鶇被捕前的行動、老吉的證詞、阿龜目擊的異常狀況等等。的確那些都不是決定性的證據，無法證明一課掩埋真相、找無辜者頂罪，不過偵緝經驗豐富的宏志嗅到一股濃烈的犯罪氣息，覺得一課隱瞞著更嚴重的惡行。

而且，這起舊案和當下的孕婦被殺案放在一起審視，就顯出更難解的謎團。宏志不認為那神祕青年同時在兩個案發現場現身是巧合，更不相信「人有相似」這種鬼話。綜合兩起案件，他心裡冒出更多疑問。

——四年前案件裡，為什麼一課隱瞞逮捕現場有第三者的消息？

——犯人認罪後在獄中死亡，到底是自殺還是被滅口？他有沒有被威脅，令他不得不選擇認罪和自殺？

——那名「第三者」現身於四年後的多個案發現場，一課是否知情？

——一課意圖讓荻純當餌，是否已確認犯人？假如泰士知道凶手是誰，為什麼他一直沒發通緝令，要調查在水面下進行？

——動手的鬍鬚男是誰？他和青年是什麼關係？他是被操縱的傀儡，還是有利害關係的共犯？

——會犯下將孕婦剖腹、活生生地扯掉子宮和胎兒，以及將少女猶如被野獸噬咬般碎屍萬段等殘暴凶行的殺人魔，能夠與他人協商共同犯罪嗎？

「我想跟那個荻純見見面。」三天前，當宏志衡量輕重，決定將一課行事詭祕、荻純目前被自己保護等等告知黑石後，黑石如此回答。

「我不是信不過你，不過你要明白，我光是告訴你這消息已讓我冒上很大的風險，畢竟二課的部下之中也只有一人知道這事……」

「我懷疑四巨頭也跟這案子有關。」

黑石的話再度令宏志怔住。他將黑道大會上發生的爭議簡略告訴對方，點出充爺禁止黑道插手的微妙之處。

「我怕這案子別有內情，而且是超乎我們想像規模、涉及警政黑三方的內幕。」黑石一臉凝重地說。

結果黑石戴上太陽眼鏡，訛稱自己是「顧問」，到安全屋和荻純接觸。宏志本來反對，畢竟黑石和二課有關係的消息一旦傳出，他佈下的情報網便會被削去重要的一環，黑石自己也可能得面對手下叛變，以及一眾角頭圍攻；但黑石似乎在提出之前已有所覺悟，認為以上種種都不及和荻純談話來得重要。

「荻純跟二課合作，消息外傳也會令她惹上麻煩，就算她發現我的身分，大概也會保持沉默，風險比你想像要低一點。」在前往安全屋途中，黑石說明他的看法。

「但你還是得好好掩飾一下……給我遮蓋好紋身，你的名號太響，我怕她看到那雙翅膀後就猜到你是誰了。」宏志瞄了一眼對方的左腕，「她不是那些徒具外表的笨女人，小心大意吃癟，反過來被將一軍。」

「哈，你好像對她評價很高……」黑石笑了笑，「你不會對這女人動心了吧？」

「放屁，你知道我是工作狂。」

臨時起意用上「K先生」作偽名的黑石沒有暴露身分——即使對方有可能察覺自己是黑道中人——然而收穫也沒他和宏志預期的多。荻純只透露了她被一眾地區老大以不道德的條件脅逼引誘，對於其他疑問，完全沒有線索能夠提供。宏志和黑石本來期望她知道青年是誰，從而找出突破口。

一時之間，經驗老道的宏志也慌了手腳，對搜查方向感到茫無頭緒。牽涉的人和事太多太雜，就像打結打得亂七八糟的毛線球，根本沒法找出解開糾纏的著力點。就在知道昨晚一課執行突發行動，今早泰士和部下仍一一沉下臉、顯然沒取得成果時，宏志收到黑石的訊息，以暗號通知他見面。

「久等了。」宏志等了十幾分鐘後，黑石開車前來，將車子停在宏志坐駕旁邊，再坐上副駕駛座。

「有情報給我？哪方面的？」

「當然不是『鯨鯊』那邊的。」黑石從懷中取出一個公文袋，塞給宏志。「我看你現在跟我一樣，老是在想一課和兩樁連續殺人案的事吧。」

「你找到什麼？」宏志打開公文袋，發現裡面有一疊舊報紙。

「上次見面後，我吩咐幾個有頭腦的手下挖一課的醜聞，說要抓把柄。」黑石邊說邊回望四周，確認附近沒有人。「他們不知道原因，但以為我有什麼打算，拓展地盤向條子立威之類，所以很熱心。我手下有一個叫阿正，他做事有點大意但書念得不錯，想到翻舊新聞，結果找到這個。」

宏志循著黑石手指，看到報紙上有一則標題為〈大學謀殺案疑凶落網　現場再發現多名死者〉的新聞。他略讀一遍，沒察覺有什麼特別，就是城南某大學一名二十一歲的女生被殺害碎屍，警方一個月後拘捕一名獨居的無業男子，並且在寓所裡發現三名失蹤女生的遺體。

「你意思是一課在這案子裡也找了無辜者頂罪？」宏志問。

「可能是，但重點在這兒。」黑石用指頭敲了敲文字旁的新聞照片。有些貌似刑警的人員正和掩面痛哭的一般人談話，照片下方寫著「失蹤少女死者的家屬到現場後情緒激動，由警員安撫」，宏志看不出這些人有什麼異常，正想追問黑石，卻突然發現對方指著的不是照片正中的主角們，而是他們身後的另一個身影。

宏志倒抽一口涼氣。

他本來以為他會看到那個神祕青年——的確，家屬們身後正有兩名刑警和一名青年在談話——但那男生並非他們追尋的神祕人。

那是年輕的泰士。

宏志這時才注意到，報章的發行日期是十九年前，這是接近二十年前的新聞。

「還有這個。」黑石伸手翻過宏志手上的舊報紙，下面有來自另一份報紙的報導，同樣有現場照片，只是這張照片拍得不清楚，看不到泰士的臉，然而文字說明卻透露了更異常的事實。

——「和女死者同校的男朋友提供線索，協助警方找出疑凶」。

「我查過了，現任一課組長在城南的亞洲人文大學畢業，那個被殺的女大學生一樣在亞大就讀，他們是同級生。」黑石說。

「你的意思是……」

「殺死那個女大學生的，會不會另有其人？然後他設計陷害該名中年漢，為自己頂罪？」

宏志好想罵一句「怎麼可能」，但他說不出口——他知道黑石的推論並非胡亂猜測。假如泰士本身是一個擁有高智商的連續殺人魔，他擔任一課組長後，就更容易操弄真相，滿足個人欲望。

「我有一個假說。」黑石看到宏志沒回答，於是繼續，「泰士當年殺害女友和其他女生後，偽造假證據陷害那無業男人，為自己頂罪。他為了確保自己的罪行不會曝光，於是加入警隊，並以他的頭腦順利加入刑事一課，方便自己毀滅證據，即使他日有人翻案，自己也不會受疑。十五年後，某青年殺害多人，找到泰士的弱點，以此威脅，令對方網開一面，找無辜者代罪。如今那凶手再度勾起殺人欲望，接連殺害多名孕婦，一課組長深明對方落網只會令自己昔日的罪行暴露，所以必須隱密行事，即使確認了嫌犯身分，也不能公開通緝。」

「這……未免太跳躍了。」宏志好不容易吐出這一句。

「我也希望我是錯的，畢竟這是事實的話，那傢伙任職一課的這些年來，天曉得冤枉了多少好人，製造了多少不公不義。或許這只是無關的個別事件，甚至是我的妄想，但我認為你有必要查探一下……」黑石頓了一頓，「我從不相信『正義警察』這種童話論調，但條子再黑也不該比我們黑道還要黑。你要堅持你所信奉的價值觀，就得查清楚這件事，證明我弄錯了，或是將毒瘤剷除，貫徹你的『正義』吧。」

告別黑石後，宏志到安全屋接班。他心神恍惚，泉察覺後查問，他只能推說有點事情沒能弄清楚。他不敢將他和黑石對一課的思疑告訴泉，除了因為有太多不確定，認為貿然指責一課組長是殺人凶手過於魯莽外，他更不願意將情況說出來，彷彿疑竇經過他的嘴巴化成話語，就會變成事實——他至今仍不想相信，多年來在職場上較量、一起打擊罪惡的同僚會是他看不穿底蘊的惡魔。

翌日早上，宏志沒回二課辦公室，用電話指示阿雄暫代他的職務，說自己有些線索要親自跟進。他沒說的是，他追尋的線索在警校——警校首席教官雷主任是他的摯友，他無法明目張膽地調查泰士，但至少可以打打人情牌，從泰士入讀警校的時間點著手，暗中看看有沒有值得留意的事情。

當然他也沒打算說明原委。

「宏志！很久沒見了，今天什麼風把你吹來？」

「唉，是公事。」宏志跟老朋友握手後，壓下聲音說，「以下說的事關重大，必須保密。」

雷教官聞言臉色一變，走到主任室門前，確認外面沒有人再向宏志點點頭。

「我想查閱歷屆警校畢業生的檔案。」宏志說。

「哦？這很簡單嘛，向內務課申請，不用半天便能拿到資料……」

「我不要留下紀錄，想私下查閱。」

雷教官稍稍皺眉。「為什麼？你一向公事公辦，從來不會走這種捷徑……」

「阿雷，你知道二課是管什麼的吧？」

「不就是黑道嗎？啊——」

「你猜對了，」宏志直視著雷教官雙眼，「我懷疑警隊裡有黑道混進來了。」

「你收到消息？」

「從線民那邊得到，但資料不足，我沒能鎖定目標身分。」

「這個應該交給監督課調查吧？」

「我不敢貿然上呈情報嘛，萬一我收到的消息有誤，這指控足以掀起軒然大波。」

「這的確是……」

宏志知道這謊言必定奏效——事實上，他也沒完全作假，只是將「混進警方」

的從「殺人魔」換成「黑道」而已。

「我需要親自查閱各檔案，核查各人背景，看看有沒有可疑之處，跟我所知道的相符。」

「我明白了。」雷教官站起來，從抽屜取出一串鑰匙，再示意宏志跟他離開主任室。二人走下樓梯，來到警校大樓地下一樓，宏志看到牆上有名牌寫著「檔案室」。

「這兒有歷屆警校學員的檔案。」雷教官打開走廊中最靠近樓梯的一扇門，按下電燈按鈕，數十個灰色的檔案櫃頓時呈現眼前。「你可以在這兒慢慢調查，不過別弄亂，校長發現我私下讓你進來，你我都會惹麻煩。」

雷教官離開後，宏志立即走到泰士入讀警校該年的檔案櫃前，打開抽屜，翻出泰士的個人檔案。

就如黑石查出的內容，宏志看到泰士學歷資料上有亞大的畢業證書副本，而他在意的是其他個人情報。泰士在警校的成績優異，體能尤其突出，每一項都獲教官打上最高級的優等評分，當年的教官內部評語稱他適任於任何崗位，是值得栽培的人才。

宏志希望當年泰士在警校曾發生任何特殊事情，在檔案留下紀錄，但結果沒有。他翻看了和泰士同屆學員的資料，想看看有沒有任何異樣，但該屆可謂風平浪靜，所有學生皆順利畢業，在警隊各部門就職。泰士一畢業便被一課招攬，多年來沒有調動過，後來更晉升至組長。

「警校裡沒有異樣，那只好從家庭著手。」宏志邊想邊抽出印著檔案中的附錄，想抄下泰士老家的地址，調查一下他年輕時的風評。雖然宏志很少接觸無差別殺人案，但他聽說過不少殺人魔在犯案進程中有跡可循，小時已會表現出缺乏同理心的個性，甚至有殘虐小動物的往蹟。他想或者可以從這方向著手。

然而背景資料上有一段內容令他感到意外。

泰士父母在他八歲時去世。

因為父母慘死，所以影響了他的心理嗎？還是寄養家庭的成年人虐待他，讓他產生報復心態？會不會是更可怕的事實，八歲的他便是殺害父母的凶手？

宏志搖搖頭，擺脫種種想法。他覺得自己太武斷了，已經先入為主地認定泰士是殺人魔，這種假設不利於調查。只有客觀地思考，才有可能找出真相。

泰士在警校的檔案十分正常，似乎沒有可疑之處，甚至沒有提及女大學生被殺案，讓宏志不禁懷疑黑石的發現是否有誤。泰士的背景調查良好，申請書上也有保薦人聯署，甚至附上了大學教授的推薦函，堪稱模範。宏志對這結果感到失望，但同時有點欣慰，畢竟他打從心底期望這一切只是誤會，他仍然可以相信一課組長的人格。

宏志闔上檔案，準備放回原來的位置時，他突然止住動作。

他察覺剛才閱覽的文件中，有一個他看走眼的地方。

他趕緊翻開檔案，取出泰士當年入讀警校的申請書，仔細查看保薦人一欄。

「老天。」宏志倒抽一口涼氣。他認得這名字和簽名——那是刑事一課前任組長的名字，也就是阿鐵那個現任高官的父親。

——為什麼一課前組長會親自保薦泰士入讀警校？

宏志端詳文件，確認申請書日期是在十九年前女大學生被殺案發生之後。

——因為發生了謀殺案，泰士認識了一課組長，後者於是擔任他的保薦人，鼓勵他當警察？

宏志有種說不出的怪異感。就算泰士在當年的案件中協助警方破案上有大大的功勞，一課組長親自擔任保薦人，未免過於小題大作。這不是有種瓜田李下的感覺嗎？警校負責篩選的職員看這名字才不敢剔除吧？警校的保薦制度一直沒大作用，純粹是前人遺留下來的傳統，隨便找個從事正當行業、沒前科的成年人也能簽署，假如當年一課組長看得起泰士，也會想到這有不正企圖的嫌疑，改找警界外的朋友代簽就成。反過來說，他願意簽下自己的名字，就代表他真的是要施壓，讓警校人員看著辦。

這個預想之外的發現令宏志頭痛。他無法理解這是純粹的巧合，抑或有特殊意義，而他再次翻看泰士的檔案，也無法找出跟這一點有關的內容。重讀了好幾次後，他無奈放棄，再度闔上文件，放回檔案櫃原位。

宏志沒有離開檔案室，他坐在一張木椅上，瞧著冰冷的檔案櫃，思考著種種可能。他反覆想起黑石給他看的舊報導、泰士個人檔案的內容、荻純指責一課要她當誘餌的證詞、泰士冷酷地當著自己的面謊稱沒有殺人魔的素描肖像……每一件零碎的細節都無法拼合出完整的圖畫，他找不到一個合理的假想將所有事情串連起來。

當他的思緒回到十九年前那報章上的照片時，他猛然從木椅上跳起。

太瘋狂了——宏志沒有想出理由，卻想到一個更大膽、更荒謬的假設。

他發瘋似地跑到檔案櫃前，抽出一份份文件，不在乎自己能否將它們一一按順序還原，只不斷打開檔案夾、確認一下、丟下再取出下一個檔案。就在他翻到第十三個文件夾時，他看到那個他不願相信的事實。

那是兩年前的警校檔案，檔案上蓋了個紅色印章，表示該學員中途退學，沒有畢業。宏志注視著的，是檔案上的大頭照。

相中人正是他和黑石正在尋找的神祕青年。

這個叫「裕行」的青年畢業於國大新聞系，大學畢業後便報讀警校，檔案裡有他的詳細資料，包括入學時住址、學歷、家庭背景等等。

而最令宏志感到驚訝的是申請書上保薦人的欄目。

那裡寫著的，是泰士的名字。

15

法外之徒Ⅳ ・ 躡蹤

「你說這個叫裕行的傢伙，本來會成為一課的刑警？」

「我相信是。我突然察覺十九年前那張泰士和一課刑警交談的新聞照片，和你給我那張發生在東區屠夫案中這個裕行被泰士護送上車的照片莫名地相似，於是心血來潮查找近年的警校入學名單，赫然發現這事實。」

同樣在西區郊外，黑石被宏志找來說明新發現。宏志用手機偷拍了裕行的檔案，他聯絡黑石，是想他協助偵查。

「裕行兩年前的住址在東區，不過那一棟公寓去年被收購重建，他一定已經搬走了。你是東區老大，應該有方法打探行蹤吧？」宏志將手機上的檔案資料放到黑石面前。

「這地址……距離當年發生碎屍案的現場只有一個街口……」黑石沉吟道，「我們先不管犯案手法和過程，假設這傢伙是真正的凶手，那麼你認為為什麼他會被招攬當刑警？」

宏志深呼吸一下，似乎不想將那荒謬無稽的想法宣之於口。

「我猜，泰士是要找接班人。」

「找個殺人魔當接班人？」

「不少殺人魔都有『精神病態』的人格障礙，他們缺乏同理心，奉行利己主義，而且往往聰明絕頂。我以前進修警方的犯罪心理學課程，教授提過很多殺人魔都是精神病態患者，但反過來有精神病態的人不一定會成為殺人魔，更有可能成為出色的企業家、銀行家，換言之假如年少時際遇稍有不同，殺人魔有可能成為領袖，金融菁英也有可能淪為凶手。」宏志緩緩地說明他整理了一晚的想法。「也許如你猜測，泰士當年是殺害女友的犯人，多年後他遇上裕行，在他身上看到昔日的自己——同樣是父母雙亡的孤兒、有強烈殺人欲望、有反社會人格的心理缺陷。不是裕行抓到泰士的痛腳，威脅對方找無辜者頂罪，而是以前泰士被一課前組長拯救栽培，他就決定重複歷史，要裕行走上自己的老路。」

「等等，這豈不是說那個現在當上局長的一課前組長也殺過人，所以才保薦泰士入警校？」

「政府官員也是我剛才說的『菁英領袖』的一種吧？」

黑石啞然。

良久，他說：「組長放過凶手一馬，同組成員不會不知道吧。所以你的意思是刑事一課其實是個變態集中地，最變態、殺人最多的傢伙當上組長，並且挑選同樣殘酷大膽的狂徒一代一代傳承下去？」

「差不多。」

慮。

「假如我不清楚你為人，一定以為你瘋了。」黑石嘴角微揚，眼神卻流露出焦慮。

「對，我也知道如果我將這事稟報上級，他們也會以為我瘋了。」宏志嘆一口氣。「所以我們要先找證據……最簡單的做法，是先找出裕行。他在警校中途退學，可能是對泰士有意見，假如能證明他才是四年前東區屠夫案的真凶，我們就能揭發泰士的真面目——那是我目前看到僅有的切入點。」

「搞不好他還是殺害孕婦的主謀啦……」黑石摸了摸下巴，「這樣說來，他唆使鬍鬚男犯案，就有可能說得通。」

「說得通？」宏志過於集中思考一課的事，忘了他本來追查的案子。

「他跟泰士不和，故意跟他作對，惡整一課。他不知道用什麼方法操控了強壯的鬍鬚男——也許鬍鬚男本來就是個嗜殺的變態——挑選了最人神共憤的手法殘殺孕婦，製造輿論壓力，打爛刑事一課的金漆招牌。」

宏志赫然覺醒，發現黑石的說法有理。他記得阿雄曾開玩笑說殺人魔讓警署餐廳多了顧客，餐廳老闆是得益者所以有殺人動機云云，但他其實可以反過來，不考慮「得益者」而思考「受害者」。一眾死去的孕婦固然是受害人，然而除了她們以外，這次的連續殺人事件中受害最深的，便是刑事一課和泰士。裕行對泰士不滿，以此報復——他們之間不一定有深仇大恨，宏志明白到不能以一般人的角度去判斷精神病態的道德標準，殺幾個無關的孕婦令泰士疲於奔命，對變態而言是很「合理」的代價。

「我會吩咐小弟調查這個裕行的事，」黑石邊說邊下車，「有消息再通知你。」

宏志點點頭。

看著宏志的車子遠去後，黑石打開手機，再次細看剛才宏志給他的警校檔案。雖然他推斷這個叫裕行的青年是令大鵪被捕被殺的元凶，但其實他每次看到對方的照片，都感到不可思議。殺人魔才不會露出這種茫然若失的表情。他在江湖打混多年，從無賴地痞到人面獸心的傢伙他都遇過不少，假如裕行是那種高智商犯罪天才，黑石相信自己至少能從對方的眼神看出一丁點端倪。

可是他只覺得裕行眼中隱隱流露出無奈。

無論是四年前阿龜拍到的照片，宏志從直播主影片中截取的圖像，還是警校入學的大頭照，黑石都覺得這傢伙雙眼無神，缺乏邪惡犯罪者的自信。他彷彿聽到相中人在哀訴「我殺人是逼不得已的」。

回到東區後，他找來阿正和幾個小弟，指示他們找這個叫裕行的青年，給他們拷貝了那個裕行在人群中掛著相機袋、拍攝凶案現場的影片截圖。他故意沒說明詳情，只說要暗中行事，不要打草驚蛇，小弟們都以為裕行是某個敵對老大的親人之類，或是掌握了能夠威脅敵人的把柄。

由於有裕行兩年前的住址，黑石很快便找到當年裕行寓所的房東，不過沒有問出下落。房東老頭說他不知道那個大學生——因為多年前租房子時裕行是大學生，老頭便一直覺得他是大學生——退租後搬到哪兒，只說他記得對方有點孤僻，倒是房租從沒遲繳。

「他剛租房時感覺滿普通的，就和一般大學生沒分別嘛！但後來他好像換了個人似的，我偶爾跟他見面，說話一句起兩句止，就像不想跟他人接觸。」

黑石想過到裕行畢業的大學打聽，但他回心一想，假如對方真的要跟一課作對，絕對不會在校友名冊上留下真實資料。他盤算過後，還是覺得只能等待小弟們報告，期望裕行仍住在東區，或在東區出沒時被他的手下瞧見。

三天後的下午，當黑石正在健身房練拳時，阿正突然打電話給黑石。

「阿正，你有我要你找的那傢伙的消息嗎？」黑石一向叮囑手下，除非事關重大，他練拳時不能打擾他。

「不，黑石哥，妨礙你練拳很抱歉，」阿正的聲音有點為難，「是之前你提過的另一件事。」

「另一件事？」

「你叫我們挖刑事一課的祕聞嘛……啊，也不是找到什麼內幕消息，只是我有個小弟剛傳來訊息，說穿便衣的條子在火車站附近有異動，鬼鬼竄竄的，他認得對方是一課的人。我猜黑石哥你可能在意，所以先通知你。」

「嗯，也對。」黑石沒有怪責阿正，一課有成員踩到自己的地盤上，阿正謹慎地知會老大，算是盡責的表現。「火車站嗎？知不知道發生了什麼事？」

「不確定，但好像來了五、六輛車，至少有十多人吧，搞不好是全課出動——」

黑石愣了愣。他本來以為阿正只是發現有幾個一課的刑警來查案，但這人數並不尋常。他本來猜想是發生了另一起孕婦被殺案，但阿正說刑警行動鬼竄，那就是有目的的祕密行動，而不是調查現場、收拾殘局。

祕密行動。

「阿正，給我確切的地點，假如你的小弟在現場，叫他偷拍幾張照片傳給我。」

黑石趕緊換衣服，離開健身房，跳上車子，邊開車邊打電話給宏志。

「一課在東區有大型行動，你知不知道？」黑石劈頭便問道。

「不。什麼行動？地點在哪兒？」宏志在電話另一邊問。

「不清楚，但乎是圍捕。地點在東區火車站北口廣場，我現在正前往視察情況。」

「這個……你等我一下。」黑石聽到宏志稍稍離開手機，「泉，麻煩妳晚點下班，我有事情要辦，荻純小姐這邊就拜託妳……」

黑石猜想宏志身處安全屋，也許剛抵達接泉的班。

「我半個鐘頭內到。」宏志說畢便掛線。

黑石開車期間，手機發出通知聲響，阿正傳來小弟拍到的照片。黑石瞄了一眼，看到火車站北口旁熱鬧的人潮中的確有一課的人——組長泰士站在一輛白色的車子旁，和一個穿西裝的年輕人在談話。黑石趁燈號轉紅、等待十字路口橫向的交通通過時，他仔細審視照片，從人群中每個人的表情、裝束和神態來猜測，至少有十名刑警在內。

十分鐘後，黑石來到火車站北口廣場。北口廣場是東區最繁華的商圈，商店林立，加上是鐵路接駁點，從白天到夜晚人潮如過江之鯽。廣場有不少攤販營業，從地道小吃至流行玩意一應俱全，本地或海外遊客都喜歡光顧。黑石將車子停在廣場東側一個候車處，注視著周遭環境，很快他便看到剛才照片上他認為很可能是刑警的人物，他們各自佇立在廣場不同位置，有些像是在等朋友，有些在吃著街頭小食，但他們的神色都不輕鬆，黑石知道他們其實都在留意著附近的路人，以及耳機裡傳來的指令。

「嘟——嘟——」觀察了大約二十分鐘，黑石手機響起。這一支手機是他專門用來聯絡宏志使用，沒有設音樂鈴聲。

「我到了。」電話傳來宏志的聲音。

「我在東側候車處。」黑石說。

「我看到你，我在雕塑旁。」

黑石往右方眺望，看到作為廣場地標的球形雕塑不遠處停了一輛藍色的車子，知道宏志就在車上。他和宏志都知道在鬧市中不該碰面——畢竟二人是立場相對的敵人——而此刻雙方都有默契，知道各據廣場一端，正好能夠近乎無死角地觀覽全地。

「在大樹下喝珍奶的那對情侶是一課的人嗎？」黑石問。

「嗯，垃圾桶旁正在掃地的清潔工也是。」

經過宏志確認後，黑石發現阿正沒有說錯，一課的確全體出動，部署了大量兵力。

「你認為這是什麼行動？」黑石問道。

「圍捕，八九不離十。」宏志在電話中說，「加上一課目前最迫切的案子只有一椿，全員出動的只會是抓捕殺人魔。」

「假如一課成功抓捕犯人的話……」

「我們便失去揭露真相的手段。」宏志的回答一如黑石所料。黑石不知道泰士會不會殺人滅口，但既然對方有利用無辜者頂罪的往蹟，這回再做一次也不足為奇。只要確保沒有新的受害人，大眾自然會接納一課公開的犯人資料，哪管這個替死鬼是誰。

「我們要搶在一課前頭，抓住凶手？但怎麼在他們眼下行事？」黑石問。

「不知道，姑且見一步走一步。」

二人各自在車廂中緊盯著廣場動態，期間保持通話。差不多一個鐘頭過去，一課的刑警們仍偽裝成一般人守在原地，黑石估計他們獲得情報，知道裕行——或鬍鬚男——將會在此現身。

「鏘咚——鏘鏘鈴——」一串急促的鼓聲響起，黑石從口袋掏出平常使用的手機，來電顯示寫者「阿正」兩個字。

「怎樣了？」黑石接聽後問道。

「黑石哥！你在車站嗎？我在附近……」阿正的聲音有點急。

「我一個人就行了，你不用支援。」黑石打斷對方的話。他心想也許自己要和宏志共同行動，阿正在場只會礙手礙腳。

「不，我是有消息要報告，」阿正反過來搶白，「我剛看到黑石哥你叫我們找的那個『裕行』，他正徒步離開車站南口……」

黑石驚訝地抬頭望向廣場，一課的刑警們還是老樣子，沒有行動。

「阿正你跟著對方，不要被他發現，我待會再打給你。」

黑石掛線後，立即將消息轉告宏志。

「對方可能察覺到一課在場，改變了行程。」黑石掛上耳機，方便邊跑邊交談，「我先跟手下會合，看看情況——」

「我開車過去。」宏志說，「幸運的話能跟你前後包抄，夾擊對方。」

從北口走到南口只要三分鐘，但黑石在離開一課的守備範圍後便全力奔跑，一分鐘後看到阿正。

「黑石哥！對不起，我跟丟了！」阿正一看到黑石便苦著臉道歉，「人明明就在前面，拐個彎便不見了人……」

「在哪兒不見了？」黑石不打算追究，只趕緊問道。

「二號出口那邊。」阿正指向左方。

「什麼裝束？」

「裝束？啊、啊，就跟你給我們的照片一樣，棕色polo衫、掛著一個相機袋……」

「阿正你聽好，」黑石將車鑰匙塞到阿正手上，「我的車子在北口，你現在代我在車裡監視，廣場裡有一堆臥底條子，他們有什麼異動就第一時間打給我……」

「我、我怎知道誰是——」

「在樹下一直喝同一杯珍奶的情侶、拿著掃帚老在同一位置徘徊的清潔工、坐在長椅上一直讀報的中年男人，留意這四個人就好！」

黑石話畢便往二號出口跑過去。

「我聽到了，我再拐兩個彎便到二號出口。」黑石從耳機聽到宏志的聲音。

跟熱鬧的北口相反，接鄰東區車站南口的社區相當冷清，該處本來是學校區，有多間名門高中，然而因為學制改革、辦學團體合併等等，八成的學校都已廢校或遷址，餘下一個個尚待重建的工地。黑石離開二號出口，看到街上路人不多，附近的商店大都已打烊，但不見裕行蹤影。苦無對策下，黑石留意到前方有一道跨越高速公路的行人天橋，心想居高臨下較容易觀察環境，找出目標人物。

「我在橋上，正在看公車站那邊……」跑上天橋後，黑石倚著欄杆，眺望兩邊，然而附近完全不見有掛著相機袋的路人，事實上，他在天橋上看到下方的路人，加起來不到十個。

為什麼裕行要跑到這邊——黑石忽然想到。這兒是裕行的巢穴所在嗎？也許宏志可以調查一下這邊的戶籍名冊，找出可疑的寓所？

「嗒。」

身後的一下腳步聲赫然令黑石想到另一個可能。

——裕行發現阿正跟蹤自己，故意從人少的南口離開，看看尾隨自己的傢伙是誰。

黑石轉身，看到穿棕色上衣、肩上掛著相機袋的裕行站在不到五公尺之外，以冷酷的眼神盯著自己。

「你……不像是那些傢伙之一。」裕行以沒有抑揚頓挫的音調說道。

「對，我只是個多管閒事的局外人。」黑石掄起雙拳，擺出格鬥的架勢。他想起老吉說過那個「大學生」能一擊打飛阿白，他不能不提防。

「你打算赤手空拳跟我打？」裕行稍微露出訝異的神色。

「我對我的拳頭很有信心，」黑石笑了笑，「當然假如你願意束手就擒，我也可以省一番工夫。」

「我——」

黑石待裕行一開口，突然一下疾衝，縮短二人距離。他很擅長「攻其不備」的策略，深明一場對打裡只要取得先機，就有七成優勢。

然而當他揮出一拳後，赫然發覺這回優勢並不存在。

黑石的左拳結實地打在裕行的肚子上，但裕行沒有因此倒地，只後退數步，還能站穩。最令黑石感到驚訝的是拳頭上的觸感，他覺得自己就像打在輪胎上，即使對方沒有防範，放鬆的肌肉已經有足夠的強度抵禦他的攻擊，他在道上從沒遇過這種強韌的對手。

「啪！」

就在黑石仍未回過神，裕行踏前一步，揮出右拳。那是外行人揮拳的姿勢，黑石很清楚對方的重心、手臂運勁、腰部使力等等全部都不足，就像過去那些沒鍛鍊過卻自以為了不起的小混混，不知道天高地厚挑戰自己。可是，剛才打在肚皮上的一記令他有所警惕，一瞬間使出全力擋格，以左腕接下對方的拳頭——他成功擋下了攻擊，但那力度之猛再次令黑石目瞪口呆，那是他混黑道以來接過最剛勁的直拳。

「靠。」黑石心裡罵了一句。他有點後悔剛才沒從車上拿傢伙，但現在多想也於事無補。

黑石改變策略，以經驗躲過裕行的拳擊，再次揮出左拳，瞄準對方的下巴，企圖用上勾拳將對方打昏。他的勾拳成功命中，裕行整個人被打飛，相機包甩脫，但著地後的裕行很快爬起，黑石更看到對方臉上沒半點傷痕。換作一般人，就算下巴沒有脫臼，也很可能被打掉兩顆牙齒，然而裕行卻一副不痛不癢的樣子，站起來扭扭脖子，準備繼續打。

「你到底是誰？」裕行問道。黑石沒有回答，心裡卻想著相同的疑問——你到底是誰？

「不，我想錯了——你到底是『什麼』？」黑石在心裡自我吐槽。他直覺眼前這傢伙不是人類，簡直就像是怪物。當「怪物」二字在黑石腦海中浮現，他卻有種茅塞頓開的感覺，彷彿一切也能說得通，像阿龜說四年前的凶案現場「不像人類所為」、孕婦被不人道地殘殺等等。只有怪物才能做到這地步。

面對這種怪物，赤手空拳的自己又有何勝算？

不管了，現在只能拚死地打——黑石再度燃起鬥志。管他是人類還是野獸，是怪物還是機器人，黑石只知道制伏對方是目前唯一目標。對方是個可怕的殺人魔，自己敗陣的話，下場只有一個。

「別動！」一聲么喝打斷了黑石的動作。黑石越過裕行的肩膀，看到宏志舉著手槍，站在天橋的一端。

裕行稍稍回頭，看到舉槍的宏志，眉頭一皺。

「我懷疑你和四年前一樁殺人分屍案，以及近月多起謀殺案有關，請你跟我到警署接受調查！」

「該死的！這時候你這死腦筋還公事公辦搞屁啊！」黑石大嚷，「叫他別反抗伏在地上就好！」

「舉起雙手！」宏志對裕行喝道。

裕行左右瞧向兩人，緩緩舉起雙手放在後腦上，順從得令黑石有點詫異。宏志謹慎地走近目標人物，黑石連忙警告說：「小心！這傢伙很能打──比我還能打！當心他的拳頭！」

「明白──」

宏志沒說完，裕行忽然一個閃身，衝向身後的欄杆──他迅速地翻身越過欄杆，躍下十公尺下的高速公路。

「老天！」宏志和黑石連忙湊近，按著欄杆向下看。他們沒想到犯人會畏罪自殺，但朝下一看卻看到預期外的場面──他們以為會看到裕行肝腦塗地的慘酷屍體，結果卻發現裕行安穩地蹲在橋下，慢慢地站直身子。對方抬頭瞧向二人，丟下一個似是嘲諷的複雜表情，再突然越過車道，矯捷地躍上一輛經過的砂石車，絕塵而去。

「那、那傢伙怎可能……」宏志驚訝地看著車子，亮出一副不能置信的樣子。雖然黑石對裕行躍下天橋、跳上高速的砂石車同樣感到訝異，但因為領教過對方的身手，心知這傢伙不是一般人，比宏志快一點回復冷靜。

「我看不到車牌號碼。」黑石無奈地說。

「他、他剛才跳下去了？」宏志問道。他無法接受那反常的一幕。

「我剛才和他對打，他吃了我兩記左拳仍然活蹦亂跳。」

宏志難以置信地望向黑石，他很清楚黑石的左拳在道上如何有名。

「現在追不上了……」黑石嘆道。他簡略說明剛才對打的過程，並且說出結論：「這簡直就像是怪物的能力。」

「怪物也好、異能人也好，總之我也要逮捕他，找出真相。」宏志說，「他在車站現身，只要我調動一下車站的監視器紀錄，或許能查出他之前的行蹤，找到他的居所……」

黑石沒有回答，他一臉駭然地瞧向天橋一端。宏志正想問他為什麼一副見鬼似的表情，循著他的視線一看，也不由得噤聲。

他們眼前的，是裕行遺留下來的相機肩包。

黑石和宏志面面相覷。他們曾討論過，懷疑這個肩包裡放的不是相機，而是從孕婦身上取下的胎兒。

裕行剛犯下第五次的凶行嗎？城市裡的某一角，是不是躺著肚皮被破開、子宮和胎兒被扯脫的孕婦屍體？

而那個血淋淋的器官和死胎，是不是就在眼前的肩包裡？

宏志走近肩包，戴上手套，蹲下，伸手摸向拉鍊。他在拉開拉鍊前回頭瞄了黑石一眼，對方點點頭，示意他準備好接受目睹不人道的場面。

「噠、噠、噠……」

宏志慢慢地拉開拉鍊，屏氣凝神地掀開相機袋的袋蓋——

一台單眼相機、兩支鏡頭和一個閃光燈。

黑石和宏志沒想到袋子裡真的放著攝影工具，宏志取出一看，發現還是頗高價的專業器材。他們都因此感到不解，除了沒想到袋子裡不是死胎外，更搞不懂裕行帶著這種相機幹什麼。

「啊，等等，有發現。」宏志從袋子的側邊間隔抽出一個文件夾。他打開一看，二人頓時感到一陣寒意。

那是三名受害孕婦和荻純的個人檔案。

文件夾裡有照片和個人資料等等，包括住址、身分證字號、醫療紀錄這些私人情報。而最令宏志感到窒息的是，那是警方戶口組的檔案。

「一課會不會早從戶口組那邊發現裕行的目標？」黑石問，「因為知道他拿到這四個人的檔案，所以認定他會對荻純不利……」

「不知道，但……假如他能從警方戶口組拿到檔案，我不知道他能不能從內務課拿到安全屋名單……」宏志眉頭深鎖。

聽到宏志說明後，黑石察覺到當前急務並非調查，而是確保受保護人物免遭毒手。

「鏘咚——鏘鏘鈴——」

在這節骨眼，黑石的手機響起。

「黑石哥！條子好像有行動！」阿正大聲嚷道，就連宏志也聽到手機傳出的聲音。

「我現在過去。」

「我先回安全屋把荻純小姐移到另一處，你繼續監視一課行動。」宏志在黑石掛線後說道。黑石點點頭，宏志直奔到橋下，坐上他的車子，火速離開。

黑石正打算跑回北口廣場，卻看到裕行的相機和警方檔案擱在地上。他心想這可能是重要證物，於是將物件塞回袋子，掛到肩上才出發。他沒有手套，不知道自己的指紋會不會影響證物的可靠性，但他此刻才不管那麼多，他甚至不知道能否逮住那個裕行，讓宏志送他進法院。

他根本不知道他們的社會是否適合審判裕行那種怪物。

在奔回北口途中，黑石才感到戰慄。

他這時候才察覺，他剛才很可能跟一個「只有人類外皮的異物」對打。

他自豪的拳頭在這種未知的怪物身上，沒起半點作用。

他想起阿龜四年前拍下的分屍現場照片，直覺對方就是真凶。

黑石當上東區老大後，第一次打從心底發寒。

為發現自己不過是一頭卑微的獵物而心寒。

16

未亡人Ⅳ・希望

荻純這幾天都作惡夢。

每一晚她都夢見自己被人剖腹，扯出胎兒。

而在夢裡她是清醒地看著這一幕發生。

渾身血紅的孩子哇哇大哭，但捧著嬰兒的人只對著荻純獰笑，張嘴說著她聽不到的話。

「求求你，放過我的孩子……」

每天早上，她都在喊出這句哀號中驚醒。

她每次都摸了摸鼓脹的肚皮，確認那只是夢，稍稍放下心頭大石。然而不到片刻，她再次想到即使那只是夢境，也難保會有成真的一日。

「荻純小姐，妳臉色好差。」早上泉到安全屋值勤時說，「要我替妳買些什麼孕婦營養劑或藥品嗎？」

「不，我只是在這兒待太久了。」荻純沒有將惡夢告訴泉。這陣子二人關係有所改善，但她自問仍不至於值得向對方暴露內心的最大恐懼。

「雖然人手短缺，但我想可以跟組長說一下，找天我們三人開車到外面兜兜風。一課或殺人魔應該沒那麼神通廣大，知道我們在哪兒露面。」

荻純微微一笑，不置可否。她知道泉只是一番善意，但她更知道光是兜風外遊無法消除她的心理壓力。

自從上次荻純無奈地談及自己如何向一眾黑道老大求援，換來種種下流的要求後，泉對她的敵意消減了大半。荻純明顯感覺到，對方基於同為女性、身處社會弱勢而願意拋出橄欖枝，即便彼此身分對立，此時此刻尚可以沆瀣一氣。荻純估計「K先生」的到訪也有助改變泉的心思，宏志當天有跟泉說悄悄話，她猜泉已知道那個應該是道上人物的K先生的真正身分——組長能跟黑道當同伴，那泉自然也可以跟自己交朋友。

不過，荻純沒打算和對方交心。對她來說，世上只有剛哥值得她託付終身，可以讓她毫無保留地將感情、思緒、喜惡盡數坦白。

正因如此，每次她想到剛哥可能已不在人世，就心如刀割。

「叮咚。叮、叮、叮。」

下午五點四十五分，宏志從警署到安全屋接班。這幾天二課在調查充爺的現金流上有新發現，查到好幾個海外銀行的帳戶有可疑的交易轉帳，涉及好幾家之前不在調查名單上的企業。因為宏志從荻純身上問出一些乍看無關的細節，二課刑警們仔細推敲，抽絲剝繭下找到隱藏在水面下的黑錢活動。宏志謊稱這些線索全由泉找到，阿雄他們便將它理解成最近泉鮮少回辦公室的理由——他們本來有點奇怪組長讓泉獨自去調查什麼，但如今有成果，自然毋須過問詳情。

「泉，辛苦妳了。」宏志放下公事包，跟泉確認這天沒有異樣後，示意對方可以下班。荻純坐在沙發發呆，瞥了宏志一眼後便繼續心不在焉地看電視上的綜藝節目。

「組長，」泉壓下聲音，「荻純小姐好像關得太久，精神有點不振，這對孕婦來說不太健康。我想我們找天帶她外出兜風散心。」

「嗯……好吧，我計畫一下。」宏志忽然想起一件事，「荻純小姐需要到婦產科做產前檢查嗎？」

「她沒有說，應該還不需要？我明天問問她。」

「勞煩了，這種事還是妳問比較好……」

「嘟嘟、嘟嘟——」

宏志的手機鈴聲打斷二人對話，他接聽後眉頭一蹙。

「不。什麼行動？地點在哪兒？」

荻純和泉都聽到宏志的語氣有點緊張。

「這個……你等我一下。」宏志按下手機，回頭跟泉說，「泉，麻煩妳晚點下班，我有事情要辦，荻純小姐這邊就拜託妳……」

「沒問題，組長。」泉點頭微笑，對於加班沒有半點不快。

宏志離開後，荻純問泉發生什麼事，泉其實也不清楚，只好推說是有突發的工作。

「今晚我來下廚吧，」泉輕鬆地脫下本來已穿好的外套，「組長沒口福，今早我買了很肥美的鮮蝦，可以做海鮮燴飯。」

「麻煩妳了。」荻純微微一笑，但勉力而為的笑容仍無法掩飾骨子裡的憔悴。

泉到廚房準備食材，花了差不多一個鐘頭好好烹調，滿意地端出兩盤香噴噴的海鮮燴飯。她考慮到孕婦需要的營養，特意弄了一盤烤蘆筍作配菜，菜色雖然簡單卻色香味俱全，引人食指大動。

可是荻純沒有食欲，燴飯只吃掉一半。

「不要緊，可以先放冰箱，晚點加熱再吃。」泉一邊說一邊收拾餐具，「冰箱有牛奶，沒胃口也可以喝一杯，好像聽說孕婦需要多吸收鈣質，對胎兒也有益。」

「泉小姐，不好意思。」泉將盤子放進洗碗機後，荻純對她說。

「沒關係，孕婦胃口變化大，也不是妳能控制……」

「我不是說燴飯的事。」荻純緩緩地說，「照顧我不是妳本來的工作範疇吧？」

「組長認為妳是重要證人，那照顧和保護妳便是刑警工作。」

「可是也不應該只有妳和他兩個人輪流值班吧？」

「刑警的工作本來就要靈活變通嘛。」泉本來想否認，但荻純說的是事實。

「我很清楚這任務讓妳很不好受，對此我十分抱歉。」

「每天的工時跟以前差不多，其實也——」

「我說的不好受不是指妳要到這兒值班，而是妳要跟妳的組長工作時間錯開，然後每晚他還要跟我這種女人待在一起，令妳費心。」

泉訝異地瞧著荻純。

「妳不用說出來，我知道妳對組長的心意。」荻純瞄了泉的表情一眼，再不假思索地說。

「什麼心意？才沒有那回事啦……」泉一時慌張，說話也變得不靈光。

「就算不是戀愛，也至少是仰慕之情吧。妳或許能在警署同僚間好好掩飾，但這兒只有你們兩人共處，你們的互動我看在眼裡。」荻純以平淡的語氣說，「再服從上司的下屬，也不會因為被迫加班而感到高興。減少我和他共處的時間，那才是讓妳欣慰的原因。」

「才不是！我——」

「泉小姐，我沒有看輕妳的意思，相反我認為假如妳有這想法的話，我會更加欣賞妳。」荻純苦笑一下，「我和妳本來就不對盤，大家的處世態度完全相反——妳是個『女漢子』，每天要在男性同僚中尋找脫穎而出的機會，證明女性不是弱者；而我甘於依附男人，服侍權力者，樂於讓人貶低女性地位。不過，諷刺的是我們其實都有著彼此的特質，妳為了逞強，只能將心意隱藏，默默地演好『優秀部下』這角色，我卻能依循本意，勇敢地去愛自己所愛的男人。」

泉漲紅了臉，但她沒有反駁。

「為了答謝妳，我就跟妳說清楚吧，」荻純繼續說，「我對妳的組長沒意思，他也只把我當成工作上的『物件』。他這種工作狂是不懂如何愛人的，所以妳要放膽親近對方，不要在乎他人眼光，不要在乎身分或年齡差異。剛哥也是這種硬漢，以前對他來說，黑道就是他的一切，愛與被愛都是無意義無價值的抽象概念……但我成功改變了他。為此我感到自豪，因為我得到他的愛情，我也能夠徹底地愛這個男人。」

「荻純小姐，妳……很愛田剛吧。」良久，泉吐出這一句。

「對。我和剛哥共處時，他不是城南角頭，不是率領五十個手下的老大，只是一個會跟我一同發笑、一同發愁的靈魂伴侶。所以當他……當他失蹤後，我感到我的內在有一半消失了，心裡就像被掏空似的。生存似乎再沒有意義……」

「不！妳還要顧及肚裡的孩子──」

「泉小姐，我今天在這兒，正是因為我想到這孩子啊。」荻純在愁容中微微一笑，撫著肚皮說，「為了他我不能做蠢事，這是剛哥和我的孩子，是真正的『愛情結晶』，我的存在價值只餘下將他帶來世間，延續剛哥的血脈……」

泉以複雜的表情瞧著荻純，沉默了好一會，再從座位站起，走到玄關她的公事包旁，從裡面掏出一件東西。

「這個還給妳。」

荻純不由得愣住。泉遞給她的，是之前她給對方的鋼筆。

「妳沒有把它……」

「買個枕頭或束帶之類，再貴我也付得起。」泉嗤笑一下，「別小看刑警的薪水。」

「謝謝。不過就算妳把這個還給我，也只會讓我睹物思人……」

「妳不知道這支鋼筆的由來吧？」泉突然問。

「由來？」

「本來我不該告訴妳的。」泉嘆一口氣，「因為妳說這是田剛的私人物品，我覺得有調查價值，於是查了一下，發現這是贈品，不算是什麼高價貨……」

「妳的意思是它不值錢？」

「我沒說完。」泉沒回答，繼續說，「鋼筆上面的『Moonland』是海外銀行『穆蘭特』的英文名字，銀行會贈送禮品給開戶的客人。妳應該不知道田剛有這個帳戶吧？」

荻純搖搖頭。

「我們循著這條線索，追查到好幾個帳號和企業，確認田剛有在穆蘭特開戶，存款豐厚，到今天仍有款項匯入，我們認為來源應該是我不能透露內容的非法生意。」

「既然警方已發現帳戶，也就是說資金會被凍結，我和孩子也無法拿到吧？」荻純苦笑一下。

「我要說的不是妳的財政問題。根據經驗，不少犯罪頭子都有這種海外密帳，目的是在自己不得不落跑時，還可以自由使用部分資產。田剛的戶口過去數年都只有款項匯入，但最後有多筆匯出，估計是兌換成加密貨幣用作提款……」

「妳、妳是說剛哥……」荻純緊張地站起來。

「……最後一筆款項匯出，發生在一個月之前。」

荻純頓時明白泉的意思。失蹤三個多月的剛哥沒有被殺，尚在人間。

剎那間，荻純內心的困苦彷彿一掃而空，房間也變得明亮起來。她的心情激動，原先漆黑一片的前景頓時變得多彩多姿，對未來充滿希望。

希望。

「所以妳現在別想太多，好好管理身子，讓孩子健康地誕生，即使妳將來要跟田剛在監獄見面，他也能夠在出獄後跟妳和孩子一家團聚。」

「太……太好了……」荻純不由得啜泣起來，但這是喜悅之淚。泉的這番話讓她大大振作，知道她有跟剛哥重聚的一天，人生有了明確的目標。

對，孩子——荻純認同泉的說法。剛哥可能無法及時回來，但她預見到自己牽著孩子的手，滿懷希望地去迎接孩子的父親。

這數天的惡夢才不可能成真。

「叮咚。叮、叮、叮。」

熟悉的門鈴響起。

「啊，組長辦完事回來了。」泉往玄關走過去。

她沒留意到的是，一隻約兩公分長、暗紅色的棒狀小蟲，在大門上方掠過。

17

法外之徒V · 非人

方。

「黑石哥，你抓到那傢伙了嗎？」阿正看到黑石提著相機袋，直覺他抓住了對方。

「不，給逃了。情況怎麼樣？」黑石向站在車子旁的阿正緊張地問道。

「他們往廣場另一邊移動了。」阿正指了指人群的方向。

黑石將相機袋丟進車裡，翻了翻置物箱，再環視一下四周。

「我們上廣場平台去。」

車站北口有一條連接毗鄰大型商場的行人道，分成兩層，上層是露天的公共空間，設置了長椅及人工草皮，讓遊客在此歇息。因為在上面能俯瞰整個北口廣場，所以眾人習慣以「廣場平台」作稱呼，實際上它沒有特定的名字。

黑石奔跑上平台後，阿正喘噓噓地追上。「黑、黑石哥，到底條子們在幹什麼？我們又要做什麼？」

「不知道，他們應該是要抓你剛才在南口發現的傢伙，但目標已經逃跑，他們卻——」

黑石話說到一半，赫然看到答案。他先看到之前監視著的一眾一課刑警，接著看到他們緩慢迫近的人群之中，有一個顯眼的存在。

一名魁梧壯碩、滿臉鬍子的黑髮男人。

裕行本來是要和鬍鬚男會合——黑石想到結論。他猜測一課原先的目標是裕行，即使發現鬍鬚男仍按兵不動，等待裕行現身，可是因為他和宏志插手，裕行沒有露面，鬍鬚男動身離開，一課便不得不改變策略，先抓住共犯，日後再追蹤主謀。

「那個鬍鬚漢，」黑石對阿正說，「他就是殺人魔。」

「殺、殺人魔？那個殺害孕婦的？咦？」

黑石沒理會阿正的疑問，只沿著欄杆往前走，盡量縮短他和鬍鬚男的距離，確認對方的動作。他知道一課已經發現目標人物，他無法搶先抓捕鬍鬚男，可是他也想不出新辦法，只好留意著事態發展，臨機應變。

「一課打算在大庭廣眾下拘捕犯人？還是打算跟蹤到人少的地方再行動？」黑石暗忖，卻不確定答案。按道理假如一課有不軌企圖，自然不想在眾目睽睽之下逮捕對方，可是假如打算先跟蹤對方，此時包圍迫近又有點多此一舉。

除非他們知道自己行蹤曝光了——黑石霍然想到。

他再觀察鬍鬚男，發現他的舉止有點異常，走路的樣子有點不穩，卻又不像醉酒。他想起那些嗑藥嗑太多的毒蟲，精神亢奮時的舉動就是如此。

「啊！條子行動了！」阿正嚷道。

黑石看到六個男人忽然走近鬍鬚男，企圖攔住他的去路——但就在這一剎那，鬍鬚男突然發難，先往前撞倒迎面而來的刑警，再向著車站入口狂奔。

然而鬍鬚男前進不到幾公尺便止步，轉向廣場左邊的方向。黑石看到車站入口那邊有幾個男人撥開人潮趨近對方，判斷那是一課的成員。鬍鬚男沒有去路，四方八面都有警察守著，而廣場中的人們似乎對這個突然奔跑亂竄的男人感到疑惑，有人伸手保護同伴遠離，有人仍站在原地看熱鬧，甚至舉起手機拍攝。不過不管是前者還是後者，他們都注視著鬍鬚男，而騷動也引來更多旁人的視線。

黑石以為一課會低調地拘捕目標人物，畢竟愈多證人看到逮捕過程，之後就愈難作假操弄輿論，不過他也想到或許一課受到的壓力太大，只能快刀斬亂麻，先抓到鬍鬚男再考慮往後的事。

眼看一個瘦削的男人快要追近鬍鬚男，黑石心想對方終究逃不掉之際，鬍鬚男做了一件出乎在場所有人意料的事。

他跑到一個賣炸雞的攤販前，推開小販，將鍋裡的滾油往人群潑過去，攤前的顧客首當其衝，發出尖叫，爭相走避。鬍鬚男沒有因為成功製造混亂而趁機逃跑，更伸手從攤位下方扯出一個連接火爐的瓦斯桶，往接近的刑警丟過去。

下一秒，喉管扯脫，瓦斯桶破裂，被火花點燃。

「轟！」

瓦斯桶爆炸造成大混亂，先前身上濺到食油的受害者更頓時變成火人，現場一片哀嚎慘叫，人們往外奔逃，然而有人絆倒，被後來者踐踏。平台上的眾人目睹地獄般的情景，有人驚惶跑走，有人被嚇呆，有人嘗試跑到廣場拯救傷者。

但黑石不動如山，緊盯著那個地獄的中心。

縱使他對鬍鬚男的行徑感到震驚，他仍冷靜地觀察著——就在一課刑警被人群衝散，多個身上著火的人阻擋了他們的視野時，黑石看到鬍鬚男在丟出瓦斯桶的瞬間躲到旁邊一個一公尺高的花槽後，在爆炸引起的混亂中彎腰向車站入口逃去。

「黑石哥！等等我！」阿正看到黑石往車站跑去，連忙大嚷，不過黑石充耳不聞，他心裡只想到要追上鬍鬚男。

車站裡人們仍不知道外面發生的騷動，但看到湧進站內逃生的人群，多少曉得廣場發生意外，不再往外前行。黑石從平台進入車站，向下看到鬍鬚男正混在逃生者之中，立即躍上手扶梯旁的斜坡，滑到車站大廳。他知道即使自己成功制伏犯人，最終鬍鬚男還是會被送到刑事一課手上，不確定能否揭開一課的黑幕；但他更清楚明白到這個鬍鬚男是個危險人物，身為東區角頭，有混蛋在自己地盤上撒野傷害無辜，他就有必要出面，告訴大眾誰才是這區的老大、真正的管理者。

「別跑！快攔住他！」他在車站大廳大嚷，引來不知情的乘客注目。不過他的叫喊沒有效果，鬍鬚男反而跑得更快，也沒有人敢於攔阻這個驃壯的傢伙。

鬍鬚男跨過驗票閘門，有車站職員見狀企圖阻止，卻被他一下子推倒，然而這令他腳步稍稍放緩，大大縮窄黑石與他的距離。黑石同樣躍過閘門，一手抓住鬍鬚男肩膀，對方卻用力一甩，嘗試將黑石摔到一旁。黑石在失去重心時奮力擊出左拳，不偏不倚地打中對方側腹，傳來響亮的聲音。

鬍鬚男吃了黑石一拳後，只略退數步，同時停下來瞪視這個追上自己的男人。

「見鬼了，一天之內居然遇上兩個我打不倒的傢伙……」黑石暗暗叫苦。不過和裕行不同，黑石覺得這回自己的拳頭是打在肌肉上，即使對方臉上沒表現出來，他認為這不是無法解決的對手。

唯一的難題是，這鬍鬚男的精神似乎不大正常。

因為站得夠近，黑石終於能好好看清楚對方——高大壯碩，年約四十歲，目露凶光。他直覺對方是嗑了某種興奮劑，精神處於亢奮狀態，和這種人對打十分不利。

不過黑石有備而來。

他在車上放下裕行的相機袋時，從置物箱取出一件物品。

從阿六那邊搶來的手指虎。

和裕行對打後，他驚覺自己的拳頭可能無效，於是下意識地將手指虎塞進口袋——而他知道這是派上用場的時候。黑石將手指虎戴在拳上，向佇立在眼前的鬍鬚男擺出架式，準備迎戰。

然而對方做了一個他意料之外的舉動。

逃跑。

鬍鬚男背著黑石往月台跑過去，乘客們紛紛注視這兩個一追一逃的男人。有人以為他們是在拍戲的演員，但當車站職員透過廣播公布北口廣場發生意外，勸喻乘客留在目前位置時，有人便猜到這兩個男人很可能和事件有關。

黑石一個箭步搶到鬍鬚男身後，再次抓住對方，這回鬍鬚男沒有嘗試甩掉敵人，反而轉身出拳。黑石俐落地避過襲擊，轟出左勾拳，加上手指虎的威力，他聽到對方中拳的右臂傳來骨裂的聲音，整個身體更摔向月台邊。黑石心想對方吃了一記重招，應該沒有餘力反抗，可是鬍鬚男沒有表情地站起，就像沒有痛覺般防範著黑石，找機會擺脫對方。

「你別逞強，肱骨斷了吧？」黑石嚷道。

鬍鬚男沒有回應，臉上連丁點反應也沒有。

「被你的搭檔跑掉是我失策，我這次不會再犯錯。」黑石再說，「我勸你趁早投降，一課的條子一來，我可不知道那些不懷好意的傢伙有什麼打算，會不會嚴刑拷問你同夥的去向……」

鬍鬚男仍沒有回應，但他的眼神稍稍動了一下。黑石以為自己的話起了作用，但下一個瞬間卻發現真正的原因。

「黑、黑石哥！我——」

阿正跑到二人對峙的所在月台，從鬍鬚男右後方接近，叫著黑石的名字，想為老大助陣。黑石猛然察覺鬍鬚男的用意，正要喊出「別過來」這三個字，鬍鬚男卻快一步轉身抓住阿正，將他推下月台路軌上。

「該死！」黑石立即躍下路軌，扶起阿正。

與此同時，一輛上行列車從黑石右方接近，他看到車頭的燈光毫不留情地衝向自己。列車司機看到異樣，立即煞車，車輪和路軌摩擦發出尖聲，但黑石沒空多想，將阿正推回月台上後，抓住邊緣奮力向上攀爬——

「咻——」

千鈞一髮間，黑石成功讓身子回到月台上，列車一秒後便輾過他原來的位置。他沒有放鬆，立即找尋鬍鬚男的去向，但對方已不見蹤影。有乘客指著月台另一邊，示意可疑人物已登上剛出發的下行列車。

「可惡。」黑石憤怒得打了地面一下，手指虎在水泥地上打出一個凹痕。「阿正，我們快跑，條子要來了。」

黑石和阿正好不容易混進人群，回到停在北口的車子。消防隊已到廣場，還有多輛救護車接傷者到急診室，穿制服的警員在疏散沒受傷的遊人和乘客。

「黑、黑石哥，謝謝你救我一命……」阿正驚魂甫定，雖然他不時跟老大出生入死，但他面對的只是混混，從沒遇過迎面而來的巨型列車。黑石沒有回答，因為阿正犯錯而讓鬍鬚男逃掉令他很不爽，不過他也明白面對那種難纏的對手本來就沒有百分之百的勝算。

「阿正，你暫時代我主持大局，我有事要辦。」開車駛離車站範圍後，黑石讓阿正下車。

「是要追那個殺人魔嗎？我也——」

「車站發生這種大事，小弟們一定吵翻天，搞不好還有笨蛋趁火打劫。你給我鎮住他們，這件事只能由你去辦。」

「我……明白了。」

阿正本來打算將功贖罪，和黑石一起對付殺人魔，但他不能違抗老大的命令。他不知道的是，老大接下來要找的人他可不能見。

黑石再開車後，掏出手機準備致電宏志，說明剛才的事件。可是他一拿出手機，便發現螢幕碎裂，怎麼按也沒有反應，猜想是剛才激烈的打鬥中不小心摔壞了。他掏出第二支手機，卻想起這支手機沒存宏志的電話號碼。那號碼他有另外寫下來，但記事本不在身上，而他又不能打電話吩咐阿正替他查看。

乾脆到那安全屋吧——黑石心想。

他知道宏志打算接走荻純，幸運的話自己能在對方出發前趕上。一課這回捅出這麼大的漏子，警署鐵定翻天覆地，二課組長很可能被緊急召喚。宏志偷藏荻純一事只有他們三人知情，搞不好自己要幫忙，安排新的避難所。

黑石無意協助宏志處理警務，但他了解到他們吳越同舟，身為盟友就不得不插手。

雖然去過一次，黑石不確定自己認不認得路，但當他經過一個公車站時，他便記得方向，順利來到安全屋。他下車後發現安全屋裡沒有打開電燈——他記得上次離開時，能從大門旁的一扇小窗看到客廳的微弱燈光——心想自己遲來半步，宏志已接荻純離開了。

「咔嗞。」

就在他打算回到車上想方法聯絡宏志時，他聽到安全屋裡傳出聲音。

對了，他們仍未離開，只是故意關上電燈以免被人發現——黑石想到。他環顧一下四周，確認四野無人，再走到大門前準備按門鈴。

可是當他的指頭要碰上門鈴按鈕的瞬間，他停下了動作。他嗅到一股不尋常的氣味。

血腥味。

在江湖打滾多年、經歷過不少腥風血雨，黑石對危險的感知異常敏銳。縱使那只是微弱的血腥味，他也不由得警覺起來，進入臨戰的心理狀態。

他輕輕扭動門把。

「喀嚓——」

大門沒上鎖。這讓黑石深感不妙。

輕輕推開大門後，一股濃烈的血腥味撲面而來，然而因為房子裡漆黑一片，屋外的街燈也不夠明亮，他無法看清環境。他沒有嘗試尋找牆上的電燈開關，反而伸手進口袋，為左拳戴上手指虎。

「吱。」

他踏前一步，腳下傳來怪異的觸感。他踩到一片軟綿綿的物體，鞋底有點濕滑。從大門外傳來的路燈光線讓他隱約看到那物件的輪廓，但他無法理解那是什麼東西。他掏出手機，按下當作手電筒的機背閃光燈功能，向腳下一照——

那是泉。

正確來說，那不是泉，而是「曾經被稱為泉的肉塊」。

黑石感覺近乎窒息，一時之間無法好好思考——不過，見慣風浪的他也沒有因此驚呼或被嚇昏，只是直愣愣地瞪住地上的那半張人臉。

濺滿暗紅色鮮血的地板上，泉的半個頭顱被擱在玄關入口前。說是半個頭顱，其實只有小半張臉，依附著頭皮、沾著血和腦漿的頭髮在上方，下方只有額頭至鼻子的部分，左邊的眼窩已掏空，嘴唇和下巴都不見了。令黑石最感到駭異的是，這半個頭顱扁扁的，頭皮下的顱骨貌似已經粉碎，泉的半張臉形成一個猶如電影特技弄成的歪斜形狀，就像一個被脫下來、隨意丟棄的人皮面具。

在手機照明下，黑石看到客廳的可怖狀況。除了餐桌旁的椅子翻倒在地，其他家具整齊地安放原位，然而上面濺滿血跡，甚至有黑石無法辨認的殘肢肉塊。茶几上、沙發上和靠近餐桌的地上有幾幅染血的破布，黑石看得出那本來該是女裝衣物，只是被蠻力扯脫、撕下，棄置一旁。

這就是四年前阿龜目睹的情景——黑石赫然想到。

「咔嗞。」

黑石再次聽到那聲音，而這次他更聽得清楚，知道聲音來源在臥室。臥室房門虛掩，門裡透出淡淡的燈光，光線緩緩晃動。黑石仔細聆聽，發現房內隱隱傳出低吟和喘氣聲，顯然有人在房間內。

「咔嗞、咔嗞……」

黑石關掉手機，左手緊握手指虎，謹慎地一步一步往臥室走過去。他愈接近房門，那聲音就愈清晰，同時他愈感到不安——可是，他就像著魔似的，被無形的力量驅使，伸手推開那扇臥室的門。

然後，他看到真相。

一個他無法理解的真相。

沒有窗戶的臥室裡，有一張雙人床，床上有兩個人——正確來說，是「一個半人」。躺在床上的人只餘下上半身，衣服被扯高，腹部以下只有一片血紅，腸臟、盤骨雜亂地堆疊著，而另一個人跪在對方原來下半身的位置，低頭噬咬著半條殘肢，用手抓住連接著恥骨的股骨，一口一口地將骨頭咬碎，發出「咔嗞咔嗞」的聲音。

「啊……呃……」

失去下半身的人仍有意識，發出異常的沉吟。

這個人是宏志。

而正在攝食對方的，是荻純。

黑石無法理解眼前所見之事。荻純像頭野獸一樣，用牙齒將宏志的肉扯下，嘴邊一片血紅，她的孕婦裙上也染滿血跡，血污從領口延伸至鼓脹的孕肚上。她的樣貌一如平日般豔麗，可是此刻這已經不能稱之為「病態美」或「妖豔」，黑石彷彿覺得眼前的女人是來自地獄的惡魔，就像傳說中的魅魔、妖婦或女巫。

他只感到一股無以名狀的瘋狂。

「嘎！」荻純發現黑石闖進她的領域，猛然發出吼叫，以凶暴的目光瞪著對方，再迅速從床上躍起，撲向黑石。黑石被場面震懾，但在荻純跳離宏志的剎那間他及時回神，對方雙手快要抓住他之際，他向右邊閃身，再轟出擅長的左勾拳。

拳頭命中荻純的右臉，整個人被黑石打飛，臉頰被手指虎劃破，留下三道血痕。然而不到三秒荻純再度站起，只是這回她沒有衝前，像是謹慎地評估形勢。

「阿……石……」

床上的宏志忽然吐出這兩個字。黑石看到他轉頭望向自己，嘴唇發青，眼神失焦，宛如死人模樣，可是他仍沒失去意識。黑石不確定為何受如此重傷的宏志竟然仍能說話，但他只想到當前急務是快速打倒眼前的孕婦怪物，然後送宏志到醫院。

「『K先生』，你到底是誰？」荻純摸著受傷的臉龐，一臉慍色，「沒人跟你說過，打女人臉的男人最不要得嗎？」

黑石驚訝於荻純神志清醒，能有條理地調侃挖苦，他本來以為對方失去常性，像被不明病毒或寄生蟲感染變成怪物的一分子。對方的聲調語氣和黑石首次見她時並無二致，這令黑石更詫異——尤其荻純臉上沾滿鮮血，在昏暗的燈光下，她正常的談吐顯得無比詭異，就像非人異物正在模仿原來的人格，偽裝成人類。

「妳……」

「噗——」宏志忽然吐出大口鮮血，與此同時，一條短小的蟲子從宏志鼻孔中冒出，向黑石臉上直刺過去。黑石被荻純的話分了心，發現棒狀蟲時牠已飛到眼前，然而黑石見過速度更快的刺拳，就在蟲子爬上他的臉之前，他揮出左拳，從水平方向打中那隻怪異的生物。

「呀！」黑石打中蟲子之際，荻純忽然抱頭慘叫，彷彿是她的身體受傷害，反而之前拳打她的腮幫子，她卻反應不大。黑石瞧了瞧拳頭，發現蟲子沒有屍骸，只餘下一攤血跡，就像拍扁吸飽血液的蚊子那樣。

「混……蛋……」荻純面容扭曲，喘著氣罵道。

黑石不知道那是什麼，但估計自己差點中了荻純的圈套。二人在臥室兩端對峙著，而宏志在吐血後已沒再動，變成冰冷的屍體。

有勝算——黑石暗忖。和稍早前的兩個對手不一樣，荻純明顯比自己弱，即使似乎相當耐打，但黑石直覺自己能壓制對方，只要抓到機會使出關節技，就有可能讓對方昏過去。當然，黑石不知道一般生物法則是否適用於這種怪物身上，只是他看到荻純沒攻過來，證明對方對自己有所顧忌。

荻純突然轉頭，望向床上的屍體，黑石同時瞧過去，赫然發現對方看的是什麼。宏志的腋下仍掛著槍袋。

荻純一個箭步衝向睡床，伸手抽出宏志的左輪手槍，黑石眼見來不及爭奪，立即衝出臥室。

「砰！」一發子彈從黑石頭上掠過。

黑石頭也不回，彎著腰逃出安全屋，第二發子彈在身旁掠過。正當他以為自己能躲到車子後，第三發子彈卻無情地擊中他的左邊小腿，他一個踉蹌摔在柏油路上。

他焦灼地回頭，看到荻純站在玄關，舉槍瞄準自己。萬事休矣——這念頭在黑石腦海中閃過。他沒想到自己的末路如此可笑，明明是被怪物殺死，卻是死於槍下。他不知道自己會不會像宏志和泉一樣變成荻純的食糧，又或者對方不打算射向心臟，準備慢慢折磨他，就像宏志被吃掉半身卻仍沒斷氣一樣。

「砰。」

槍聲響起，但黑石發現這聲音跟之前的不同，方向也不一樣。荻純突然在他面前緩緩跌倒，他才察覺剛才的槍聲來自他身後，而且射中荻純胸口的不是子彈，而是一支圓筒狀的飛鏢，它垂直地插在荻純胸脯往上、鎖骨以下的位置上。

「真是意外收穫。」一個男人拿著類似來福槍的槍械，慢慢走近黑石。黑石對這傢伙好像有點印象，但他想不起在哪裡見過對方。

黑石沒有機會發問，因為男人來到黑石跟前，微微一笑，朝他開槍。

「為了安全起見。」

在視野變黑、五感遠離之前，黑石聽到男人說了這句話。

18

法外之徒Ⅵ · 地下

「唰……唰……」

黑石睜開雙眼之前，他聽到紙張翻頁的聲音，嗅到咖啡的香氣。

在那一瞬間，他以為自己在某個陪酒小姐的家，昨天喝得太茫，在酒精影響下做了很長的怪夢。不過腿上傳來的痛楚令他猛然清醒過來，想起失去知覺前的一幕——宏志如何在床上死去、荻純如何襲擊自己、神祕男人如何半路殺出。霎時間黑石以為自己已死，但矇矓中他看到天花板鑲嵌著白色燈管，燈管旁還有連接水管的消防灑水頭，很明顯這裡並非天堂，亦非地獄。

視線向下移，他發現自己躺在一張床上，衣服完好，不過左邊褲管被剪開，小腿包紮著繃帶。他漸漸看清周遭的環境，這裡是一個約三至四坪大的房間，牆壁粉刷成白色，四面都沒有窗戶，只有一扇打開了的門。門旁的桌子上有一個冒煙的杯子，而一個男人坐在桌前，翻閱著一些文件。那男性外表看來不到三十歲，個頭不高，黑石認得他就是開槍打自己的男人。

「哦，你醒過來了。」男人抬頭望向黑石。

「你是誰？」黑石從床上坐起，但他感到一陣暈眩，身子再度下沉。

「你可以叫我『不二』。」男人緩緩站起，走近床邊。「你可真強壯，一般人中了那種麻醉藥，至少昏死大半天，你卻只睡了五個鐘頭。」

「麻醉……啊。」黑石回想起不二朝自己開槍的一刻，察覺到那是麻醉槍。雖然黑石不確定對方是敵是友——「不二」似乎是假名——但從自己仍然活命、腿上的傷也被治理來看，這男人對自己應該沒有惡意。

至少此刻沒有惡意。

「我在哪兒？」黑石問。

「一個比你們黑道大本營更能抵禦外敵的祕密基地。」不二露出得意的神色。

「你知道我是誰？」黑石微微感到詫異。

「在你昏睡期間我和同伴可沒閒著，做了一些背景調查。」不二揚了揚手上的紙張。「黑石，東區最大黑道組織老大，旗下勾當包括毒品交易、非法賭博和仲介賣淫等等，東區八成夜店由你『保護』。曾在業餘拳賽創下連續八場KO的紀錄，被譽為地下拳王，是黑道中數一數二剽悍善戰的角頭……嘖嘖，大人物啊。」

「荻……那孕婦在哪兒？」

「直說名字就可以，那個城南剛哥的女人嘛……」不二面露鄙夷之色，「其實你直接問『那吃人怪物在哪兒』就好。」

黑石聞言不禁愣住，對方不單已摸清荻純低細，還知道她吃人的事。

「你是從那血腥的現場發現她變成了吃人怪物嗎？」黑石問。

「『變成了吃人怪物』？你是不是弄錯什麼了？她——」

不二話說到一半，一個男人走進房間內，黑石頓時血脈賁張，即使四肢不聽使喚，他仍奮力從床上躍起，靠著床緣掄起拳頭準備迎戰。

站在門前的，是那個壯碩的鬍鬚漢。

「混蛋！」黑石大罵道。鬍鬚男也立即紮馬步，擺出臨敵姿勢。

「你們兩個先暫停一下好不好？」不二站在兩人中間，伸出雙手示意他們休戰，「一個斷腿一個斷臂，還要打嗎？」

黑石此時才留意到鬍鬚男外套下的右肩綁了三角巾。

「這個殺人魔為什麼在這兒！」黑石繼續大嚷。

「冷靜一下，」不二朝黑石揚揚手，「在我回答你的問題前，你先回答我——你對刑事一課的事情，知道多少？」

黑石沒想到對方此時會提起這個。

「一課……有不可告人的祕密。」黑石決定將心裡疑竇如實吐出，「四年前東區發生連續殺人案，一課放過了真凶，讓無辜者頂罪，最後更殺人滅口。那個真正的犯人四年後再度犯案，指使這個鬍鬚男殺了三個孕婦……」

「四年前的案件我不知道，也許你說的是事實，不過你另一項指責完全弄錯了，這個男人不是連續殺人魔。」不二指了指鬍鬚男。

「那些孕婦不是他殺的？」

「是，但他不是『殺人魔』，因為他殺的不是『人』。」

黑石目瞪口呆，瞧向仍然一臉冷峻的鬍鬚男。這時他才理解不二被打斷的話的真意，荻純不是「變成了怪物」，而是本來就是怪物，而且之前被殺的三個孕婦是她的同類。

他霎時想起從天橋跳下高速公路卻行動如常的裕行。

怪物。

「你、你是說荻純和之前的死者都是吃人怪物？牠們偽裝成人類潛伏在社會？那些怪物到底是什麼？來自哪兒？有什麼目的？」黑石一口氣問道。

「光用嘴巴說明很難令人置信，還是讓你邊看邊了解比較好。」不二轉頭對鬍鬚男說，「醫生，我們不是有一張輪椅嗎？他腿傷加上藥效未消退，要他起來走路太勉強了。」

「醫生？」黑石問。

「他的渾號。不過他可是貨真價實的醫生，你小腿的子彈也是他替你開刀取出來的。」

黑石驚訝地望向鬍鬚男，對方仍是一副撲克臉，只略微點頭，就像在說「那種小傷我單手也能治療」。他離開房間，不一會推來一張輪椅，不二扶著黑石讓他坐上去，再從後推他到房間外的走廊。

走廊上有多扇門，有些打開有些關上，黑石看到門後是各式房間，既有辦公室似的佈置，也有像化學實驗室，放滿儀器和裝化學品的瓶子。部分房間裡有人在工作著，不過人數不多，黑石只看到一個年輕的男人在螢幕前不斷敲鍵盤，另外在像是實驗室的房間裡瞥見一個穿白長袍的中年婦人，正在將試管中的藍色溶液倒進一個燒瓶裡。

雖然房間各有不同，但黑石留意到一個共通點。所有房間都沒有窗子。

走廊盡頭處連接著一個類似前廳的空間，一面牆上有一扇像是貨運用的偌大電梯門，電梯門前則有一個警衛工作站，黑石看到一名穿制服的保全人員坐在椅子上，看著數個監視器螢幕。讓黑石訝異的是那個警衛配備衝鋒槍，令他意會到這處並非單純的辦公大樓或實驗室。

「我們黑道也沒有那種傢伙，」黑石指了指衝鋒槍，「對付那些怪物要用上這火力？」

「就算用上榴彈砲我也嫌火力不足，」不二邊推黑石經過警衛站邊說，「畢竟對手是惡名昭彰的一課。」

「一課知道這些怪物的存在？」

「一課本身就是怪物，從組長到成員全部是那些偽裝成人類的吃人怪物。」

不二的回答令黑石大感錯愕，但同時間他赫然發現這便是最合理的答案——裕行是怪物，拉攏他的泰士自然也是怪物，而讓泰士接班的前組長一樣是怪物。

「你們是……」

「知道真相、反抗那些怪物的人類。」不二平淡地回答。

黑石正欲追問「真相」到底指什麼，卻被眼前光景懾住——不二將輪椅往左推，黑石看到前廳左方有一扇比電梯門更大的玻璃門，門後有一個既像博物館又像研究所的空間。最先映入黑石眼簾的，是一根約三米高、像圖騰柱的石製雕塑，柱旁就有幾件放在玻璃櫃裡的西洋甲冑；玻璃櫃後方有一個大書架，放滿貌似有上百年歷史的古籍。然而在房間的另一邊，卻設置了一排附螢幕的不明儀器，金屬架子上放著不同顏色的化學品，有些冰箱似的櫃子門上還貼著「放射性」或「生物性危害」的危險性符號。最令黑石感到詭異的，是某張實驗台似的桌子上放著數個玻璃製的圓柱體瓶子，裡面以淡黃色的溶液浸著一些像標本的物體。

不是標本——當黑石穿過玻璃門，經過瓶子時，他才看清那些東西。

那是胎兒。

「那些是醫生的戰利品。」不二笑道。

「我承認我很樂於手刃那些怪物，但別把我說得像個變態一樣。」醫生開口，聲線十分沉厚，「那是研究用的。」

「孕婦殺人魔事件到底是怎麼一回事？」黑石轉頭向身後的不二問。

「你是東區角頭，我想你應該認識人稱『城南剛哥』的田剛吧？」

「碰過面，沒深交。」

「他也是怪物之一。」

黑石愕然，但不二沒有在意，彷彿黑石的反應是意料之內。

「這個世界的真相就是有上百萬隻吃人怪物潛藏在我們的社會裡。確切數目不清楚，但根據情報，估計每八千人之中就有一隻偽裝成我們的怪物。我們這個城市有三百萬人，估計有三百至四百隻怪物隱身其中。」

「四、四百？」黑石對此感到震驚。一個荻純已能輕鬆殺死、捕食兩名刑警，城裡有四百隻怪物的話，等同於讓狼群走進沒有牧羊人的牧場，人人自危。

「這些怪物隱身於各行各業，但因為牠們都有著比一般人強悍的體格以及高度的侵略性，所以往往得到豐富的社會資源和優越的地位。牠們具有強烈的同族意識，將我們視作牲畜，會利用偽裝的身分讓同類更易於獵食和生存。頭腦最好、最優秀的怪物會被安排攫取人類社會的權力，例如擔任政府要職，或是黑道老大——田剛就是後者。」

黑石這時才想到，難怪城南剛哥在打鬥中從沒敗陣，而且冒起得比當年的自己還要快。

「先告訴你這些怪物的特徵吧。」不二離開黑石的輪椅後，走到書架旁，取出一本黑色外皮、像是人手釘裝的書，在黑石面前打開。書上寫著黑石看不懂的拉丁字母，文字旁邊有古風的圖畫，內容是一個長角的人形在吃另一個人。「古今中外都有妖怪吃人的民間傳說，現代人當成虛構故事，但實際上是以同一種怪物為基礎衍生而來。這異族和人類的歷史一樣長久，有文明的地方就有牠們潛伏。」

「你的意思是，我們對付的是吸血鬼或人狼，要用木釘和銀子彈才能殺死牠們？」

「那是誤傳，但多少有點理由。」不二將書闔上，放回書架。「這怪物的自癒能力比人類強，外傷很快癒合——所以我們沒有懷疑過你是牠們之一，你小腿上的槍傷證明你是人類。」

黑石低頭瞧了瞧，他沒想到滲著血跡的紗布原來是他的保命符。

「不過就算癒合快也不是不死之身。牠們即使兩邊肺葉都穿了，肺泡仍能以吸最少的氧氣維生，但心臟被刺穿或是大腦被破壞都會即時斃命……你現在明白為什麼殺吸血鬼要用木釘刺穿心臟，或是開槍打殭屍要瞄準頭部吧？」不二笑了笑，繼續說，「另外牠們和一般生物一樣，對某些藥物有反應，只是藥效有異。你中了我的麻醉槍會昏倒幾個鐘頭，但同等劑量只會讓牠們四肢麻痺十幾分鐘。」

「就算只有一分鐘不能動彈，也有足夠時間下殺手吧。」黑石道。

「對，但牠們難纏的地方不止於強悍的身體。」不二從身旁的桌上撿起一個火柴盒大小的透明方體，遞給黑石，黑石看清楚這像是玻璃製的方體裡的內容後，不禁愣了愣。

玻璃裡密封著一條兩公分長的暗紅色小蟲。

黑石認得這不明東西，他跟荻純對峙時曾用拳打死一隻。

「吃人怪物的小腦裡有一個特殊器官，能使牠們的血液硬化成這種蟲子形態，就算身體不能動，牠們能從頸椎排出這小蟲，是牠們最可怕的必殺技、最有效的制敵武器。」不二從黑石手上取回那標本。「雖然每次只能生出一條，但這東西鑽進人體的話，會支配受害者的大腦。蟲的主人能夠完全操控對方，可以要他說出一切祕密和做任何事情……包括自殺。」

黑石頓時理解四年前大鶇在法庭上承認罪狀和在監獄自殺的原因。在他感到憤怒的同時，他更為自己差點被荻純控制感到心寒。

「我……差點中那女人的奸計，她還聲東擊西，用說話分散我的注意力……」黑石按捺著不安，向不二和醫生說道，「要不是我剛好瞧到，用拳頭打中那條怪蟲的話……」

「一般人就是看到都不一定能打中。」不二搖搖頭，「雖然這鬼東西就像昆蟲一樣脆弱，不過一如拍蚊子，很難打中。」

「蚊子打不中頂多被叮一口，但魔蟲打不中的代價就是你的命。」醫生插嘴。

「所以就算怪物落單，牠一發現危險，動用蟲子，我們就沒有勝算。」不二語氣中帶著恨意，黑石感覺他曾經歷過實際的情況。「牠只要控制施襲者其中一人，便能製造混亂，假如被支配的傢伙有武器，更可能全軍覆沒。這怪蟲是牠們的殺手鐧，以前有人用『蟲族』來稱呼牠們，也挺貼切的。」

「你說這些怪物在社會裡掌握權力，擔任官員或成為角頭，加上牠們有你說的殺手鐧，我們不就只能等著被宰？」

「你知道什麼是尼安德塔人嗎？」不二問道。

黑石搖搖頭。

「尼安德塔人是舊石器時代的人種，和我們這些稱為智人的人種是近親，但學者認為在物競天擇下，他們在三萬年前被更優越的智人消滅。」不二舉起那個怪蟲標本，「然而數千年來那些比我們強壯、堪稱天敵的蟲族和我們人類共存，我們不但沒有滅絕，更反過來在比例上壓過牠們了——古代的妖怪傳說比現代流傳得廣泛，我們估計以前人類和怪物的比例可能是一千對一，甚至數百對一，現在卻接近一萬對一。你認為這是什麼原因？」

「牠們的壽命比人類短，所以數目減少了？」黑石想到這個答案。

「不，其實不是怪物們減少，而是人類增加得太快。那些怪物的其中一個生物弱點，是受孕能力異常弱。」

聽到「受孕」這兩個字，黑石察覺話題要回到他最初的問題上。

「蟲族是無法和人類交配而產下混血後代的，但牠們本身在繁殖上有先天缺陷，一隻雌性一輩子只能誕下一隻或兩隻後裔。這是很簡單的數學問題，假如有一個籠子裡有一百隻、雌雄各半的白老鼠，每隻雌性只能為雄性產下一隻後代，那第二代只有五十隻，第三代只有二十五隻，如此類推。出生數量永遠追不上死亡數字，最後這個籠子裡的老鼠便會一隻不剩。」

「所以醫生他……」

「殺掉懷孕的怪物，減少牠們下一代的數目，而更重要的是摘取胚胎，讓我們的科學家進行研究，找尋牠們的弱點。」不二用拇指指了指房間另一邊裝在瓶子裡的怪物胎兒。「蟲族和人類壽命長度相若，奇怪的是牠們的能力、製造魔蟲的機能往往在青春期後才成熟，在那之前生理上無異於一般人類，所以從胚胎開始進行研究是很有效的手段。我們希望可以找出牠們和人類基因的最大相異處，研發一種只在牠們身上有效果的致命病毒，那到時就不管牠們有多大能耐，還是敵不過真正的萬物之靈。」

「你們用麻醉槍先制伏那些孕……蟲族女人再剖腹取胎？」

「我們人手不多，髒活都由醫生負責。」不二以下巴向醫生努了努，「他監視目標，確認對方落單再動手。以防萬一他還有服用苯丙胺和類固醇加強體能，畢竟對手即使是較弱的雌性，也不見得我們有百分百的把握。」

黑石很清楚苯丙胺是什麼，那是毒品安非他命的學名，老吉和阿白當年也有賣這個。安毒是興奮劑，和LSD那些迷幻藥不同，服用者會變得精神亢奮，有些嫖客喜歡用來增強性愛樂趣。

「可是我還是搞砸了，」醫生搖頭嘆息，「我居然錯誤把那個微胖的女傭當成目標……沒找到胚胎的一刻我慌得很，也許我用藥太多太頻繁，逐漸影響到判斷力。」

「馬有失蹄，你不走運而已。」不二微笑道。

黑石感到內心一陣反感。雖然眼前兩人是對付怪物的勇士，但他們對錯手殺死那女傭沒有表現出一絲懊悔，侃侃而談的樣子讓黑石覺得他們冷酷得不像人。

「剛才你說田剛是蟲族，你們是因為得到這情報，所以把荻純列入目標名單嗎？」黑石不欲多想，於是提問道。

「城南剛哥是這行動的原點啊。」不二說。

「原點？」

「你以為之前那些『孕婦』肚裡小怪物的父親是誰？」

黑石呆然，盯住面前兩人。

「田剛是本地蟲族重點栽培的明日之星——嗯，應該說是『黑道之星』，」不二繼續說明，「體格強壯、頭腦精明、高侵略性，對那些信奉優生學的怪物來說，田剛是最適合繁衍子嗣、壯大種族的個體，所以安排了優秀的雌性為牠產下後代。牠們陰盛陽衰，雌性比雄性多，『一夫一妻』對種族沒好處，縱使牠們表面上依從人類社會的婚姻制度，實際上雌性都不會介意配偶有多個交尾對象。我們半年前收到情報，一直跟蹤監視田剛，希望活捉對方，結果有一晚遇上千載難逢的機會，牠獨自離開寓所去買菸。」

「你們趁他落單時下手？」

「就算牠落單我們都不確定能成功，但那一晚最幸運的是有另一夥人伏擊田剛。有五個敵對黑道的小混混大概想邀功，在田剛經過一條無人的小巷時施襲，他們有備而來，各拿了開山刀。其實以田剛的能力，徒手解決這五個雜碎並不困難，但牠可能有點怠惰，居然用上了蟲子，控制領頭的小混混反過來砍自己人。因為蟲只能生產一條，我們看到那五個小混混互毆，田剛抽著菸離開現場，便知道那是最佳捕獵牠的時機，就使用麻醉槍制伏牠，將牠抓上車後迅速逃離。」

「然後我們十分有效地『榨取』了大量情報。」醫生難得地露出笑容。黑石不知道他們用藥物還是拷問來讓剛哥開口，但總之他們達成了目的。

「我們得到了懷有牠孩子的雌性的資訊，於是籌畫了行動。」不二走到書架旁的一個壁報板前，黑石看到上面貼著報導案件的剪報。「坊間的新聞全部觸不到核心，第一個死者是白衣天使？我呸，牠利用職位讓無依無靠的病患變成蟲族的糧食；第二個死者就在酒吧攏絡援交少女，提供給嗜吃小女孩的變態同類；第三個死者的家有隔音牆壁，是為了壓下被分肢進食的受害者慘叫聲。不過記者們在圍攻一課上就做得不錯，看到牠們失去菁英光環，真是大快人心。政界的那些怪物應該很頭痛吧，嘿。」

「你們為什麼不公開真相？媒體應該還沒被蟲族壟斷吧？」黑石指著剪報問。

「誰會相信這種荒謬的真相？就算我們有照片、有影片，今天的大眾還是會說那些是偽造的東西，是CGI或Deepfake之類，除非像你親眼目睹經過，否則不會相信。蟲族尚未完全支配我們的社會，但思想上我們早被牠們控制了，牠們利用謊言和陰謀論混淆真正值得質疑批判的事物，麻痺我們的判斷力，製造出一是毫不思考全盤接收他人說法的蠢蛋，一是無視客觀證據冥頑不靈地堅持主張的死硬派……社會愈分化，人們互相失去信任，自然愈對牠們有利。我們人類之中還有自甘為奴的背叛者，為了利益協助怪物們對付同胞！怪物們和那些協助者把持權力，成立披上假民主假共和外皮的獨裁政權，我們再不反抗，只會淪為待屠宰的牲畜、被收割的莊稼……」

不二這番語調激昂的話，令黑石遽然記起對方是誰。

「你是那個V什麼組織的成員！」黑石嚷道。他到東區找阿龜當天，就在集會中見過不二在台上疾呼抗爭口號。

「哦，看來我們的活動還有點成果。」不二朝醫生笑了笑，再回頭面向黑石。

「既然無法將真相公開，那就順著那些怪物意思，用大眾也能接受的『謊言』去反抗。跟公眾說『怪物們要吃掉你』沒有人會相信，但換成『當權者要限制你的自由、剝奪你的權利和財產』就連小孩子也會有反應。牠們意圖製造一個粉飾和平穩定的進食環境，我們不能讓牠們得逞！近二三百年的人類歷史，其實都是建立在這些謊言戰爭上。」

「你的組織有這麼久的歷史？」黑石感到錯愕。

「不，『V.Haven』只是從我以前所屬組織『凡赫辛 Van Helsing』分拆出來的支部。」不二笑了笑，「我故意用回『V.H.』作縮寫，好吸引同路人加入。」

「凡赫辛？這名字我好像聽過……」黑石感到訝異，他自問沒機會接觸這種祕密結社，但他對這名稱有印象。

「一百年前那本描寫吸血鬼的著名經典小說裡，主角吸血鬼獵人就是這個名字。」

「他們用上虛構作品的角色當組織名？」黑石失笑道。

「不，是反過來，那個作者為了警惕世人防範真實的怪物，故意用組織名字來命名角色，暗中傳播理念。」

黑石倒沒想過這可能。

「既然那組織那麼龐大有實力，你為什麼自立門戶？」黑石問。

「我不同意他們的路線方針，他們處事保守，毫不靈活，長此下去，蟲族只會掌握愈來愈多的權力，人類的生存空間愈來愈小。」不二向兩邊揚手，像是向黑石展示成就。「我們短時間內取得的研究結果比他們多年來做的還要多，取得的成果更豐碩！這不正說明我的理念、我的手段才是正確的嗎？」

黑石想反駁這種勝者為王的說法不見得一定正確，但就在他打算開口時，一個穿白袍的青年從一個房間另一邊放著化學品的架子後現身，向不二報告事務。

「教授準備好了。」青年說。

「來得正好，讓我們的貴賓欣賞一下我們的成就。」不二回到黑石的輪椅背後，緩緩向房間深處推過去。

黑石不知道青年口中的教授是誰，也不知道不二想讓自己看什麼，但他更想釐清一件事。

「我還有一個重要的問題，」黑石稍稍回頭望向背後的不二，「你怎麼會找到我和荻純的所在？」

「當然是跟蹤你嘍。」不二平淡地回答。

「你什麼時候開始盯上我了？」黑石再問。他對自己大意沒察覺被跟蹤感到不安，猜想離開車站後，因為一心趕往安全屋找宏志，忽略了周遭環境。

「醫生是外勤，通常執行工作後會將胚胎轉交給他人，減少這個基地曝光的風險，要不是他受了傷，現在也不會在這兒。我和他通常在外碰面，料想不到今天我還沒到場便收到醫生的通訊，說廣場似乎有埋伏。」不二一邊推著黑石前進一邊說，「於是我在車站裡觀察情況，沒想到之後就看到你追逐醫生，還和他打起來。我本來以為你是一課成員——即使你外表一點兒都不像——但後來我從耳機聽到你對醫生說的那句話，才發現你可能是弄錯細節的同道中人。」

「『那句話』？」

「『我勸你趁早投降，一課的條子一來，我可不知道那些不懷好意的傢伙有什麼打算，會不會嚴刑拷問你同夥的去向』。」不二模仿黑石的語氣說道，「會說這種話的一定不是一課的那些怪物，一來牠們不會自稱不懷好意，二來不會說什麼嚴刑拷問，三來更不會勸敵人投降，假如牠們不能以武力制伏服了藥的醫生，只會在旁人沒留意的時候動用怪蟲操控對手。我當時身處月台，發現你這個插手的第三者，看到你和醫生打鬥後，便決定跟蹤調查，看看你到底是誰……沒想到踏破鐵鞋無覓處，得來全不費工夫，跟著你居然能找到荻純那條漏網之魚。我還以為牠被一課的傢伙們好好保護，害我們無從入手。」

黑石內心五味雜陳。假如自己開車快一點，或許宏志和泉就有一線生機；不過他也察覺到自己和死神擦身而過，畢竟若然跟蹤者不是這個男人而是一課，那現在自己就不是坐輪椅，而是被縛在椅上，給那噁心的怪蟲鑽進身體，向那些怪物招供了。

從架子後拐過彎，黑石才發現原來實驗台後方有一條通道，而通道後是另一個偌大的房間，裝潢跟外面的「研究室」有點像，但架子較少，燈光較明亮。在入口不遠處，一個穿著白色袍子的中年男性正在和一個比較年輕的男人談話，他們看到不二和醫生便轉身迎向對方。

「這是洛伊德教授，而這位是他的助手。」不二向黑石介紹，「他是研究蟲族的資深學者。」

「我本來很想埋怨你這麼晚找我來，」教授對不二說話時指了指牆上的時鐘，黑石看時間是凌晨一點，「不過嘛，看在難得的機會上，我就姑且收起牢騷。」

教授和不二相視而笑，黑石正想問什麼是「難得的機會」，赫然看到教授和助手身後的光景，理解到「機會」是什麼。

房間中央稍微下陷，就像小型音樂演奏廳的中央舞台，而這個舞台上有一張金屬桌子，桌上躺了一個人。

不，不是人，是怪物——荻純赤條條地躺在桌上，手腳被皮帶固定，脖子被頸箍扣緊，嘴巴塞了口枷，嗯嗯唔唔地在說什麼，身子不斷扭動，企圖掙脫綑綁；而她身旁有一個戴著透明面罩的婦人在整理桌旁工作台上的器具。

黑石知道這代表什麼。那張金屬桌邊緣凸出，角落有排水口，和殮房驗屍用的解剖台很相似。

荻純看到黑石，頓時怒目而視，向他發出吼聲，但當她瞧見他身後的醫生，表情驟然變得畏縮，就像老鼠遇見毒蛇一樣。

「醫生身上塗了蟲族的費洛蒙，」不二低頭向黑石說，「怪物的種族裡有這樣的生物機制，雄性能夠分泌出令雌性臣服的激素，會從嗅覺引起恐懼反應。這降低了醫生在執行任務時的危險性，縱使對方感到害怕不代表不會反擊，而且這手段只對雌性怪物有效就是了。」

黑石直愣愣地瞧著荻純，視線無法移開。他自小混黑道，為了出人頭地經歷過不少風雨，吃過不少苦，見過不少稀奇古怪聳人聽聞的事，但眼前光景遠超於他經驗中的任何一幕——假如不知道原因，只會以為在場的人是邪教徒，正進行惡魔牲祭，將一名無辜的孕婦綁在祭壇上，準備開始邪惡的儀式。荻純姣好的相貌、豐腴的乳房和她那圓潤的孕肚形成強烈對比，假如她嘴邊不是仍留著宏志的血跡，黑石幾乎覺得看著這獵奇場面的自己才是沒人性的妖怪，是享受著以視線侵犯無助女性的殘酷惡魔。

不二、醫生和黑石留在原來的位置，教授、助手和傳訊的青年步下階級，來到荻純身旁。

「唔！唔……」荻純不斷發出聲音，不二向教授示意，指示他除下對方的口枷。

「你！你果然是跟那鬍鬚男一道！」荻純朝黑石破口大罵，「你這個騙子！人渣！」

「哈哈哈！」不二沒有讓黑石回應，朗聲大笑後插嘴，「妳這怪物滿有意思的，居然演起受害者的角色來了？」

「我跟你們無仇無怨，你們卻要加害我——」

「無仇無怨？妳可以對那些被妳吃掉的人的親人說這句嗎？」

「那也跟你無關！」

「哈——」

「荻純小組，」黑石打斷不二的嘲諷，「一課不是妳的同類嗎？為什麼要找二課插手？」

荻純沒料到黑石會平靜地發問，稍稍收斂敵意，回答：「二課組長有跟你說明吧？一課他們要我做誘餌來引出這個鬍鬚男！他們連懷孕的寶貴族人也不惜犧牲！與其被他們利用，我當然寧可反過來利用毫不知情的人類，找一個避風港！」

「那麼妳為什麼要殺死他們？」

「嘿，」荻純發出冷笑，「那個女警讓我知道剛哥仍在世！只要剛哥還在，我就不用其他人保護我！更何況我已經餓得太久了，我遇襲當晚本來打算好好享用那肥美的女傭，結果不得不一直忍耐著，餓得我幾乎要發瘋……我有好好報恩啊，那個女警暗戀她的組長，我就用使魔操控剛回來的他，令他溫柔地壓制對方，好讓我慢慢將她肢解。我讓她死在心上人的懷抱裡，不是十分仁慈嗎？要不是你半途打擾，你那個朋友也不會因為我抽掉使魔而回復心志，他本來可以沒有痛苦地死去……」

「幹！」黑石忍不住爆發，「妳這怪物說什麼混帳歪理？什麼報恩？什麼沒痛苦？給我去死！」

「你們人類對我來說本來就是食糧！沒有利用價值的人類不過是牲畜！假如母雞不會生蛋、乳牛不產牛奶、綿羊不長羊毛，你們會讓牠們生存嗎？牠們失去用途的話，你們不會大啖雞腿、牛排和羊肉嗎？我讓他們活這麼久，已經有違我的大性！」荻純反唇相譏，完全沒在乎自己一絲不掛地被縛在解剖台上，脖子被箍緊，沒法從頸椎排出使魔。她彷彿覺得即使目前環境再糟糕，她的剛哥也能及時出現，拯救她脫離危難。

「我操！妳——」

「慢著。」不二插進二人的對罵，「妳剛才說田剛仍在世？」

「當然！警方找到剛哥的海外密帳，發現近期仍有資金匯出，他只是躲起來伺機再起……」

「從那帳戶提款的，是我們。」不二微笑著說道。

「什麼？」

「我們抓到田剛後，用了很多辦法讓牠透露祕密，得到牠的海外銀行帳號和密碼。不拿白不拿，反正那戶頭仍有黑錢匯入，我們當然逐少逐少地拿走，給我們用作資金。」不二揚起一邊眉毛，「花蟲子的錢來對付蟲子，妳說不痛快嗎？」

「你少騙我！我知道——」

荻純的話只說了一半，她的表情從本來的一臉自信一口氣變得扭曲，就像在作出無聲吶喊。教授在她說話時，從旁邊一個架子上取下一個玻璃瓶，放到她面前。

黑石看到那瓶子也心下一凜，因為他認得那樣子——瓶子中有一顆浸在淡黃色化學液體裡的頭顱，它的主人正是城南剛哥。

「我們花了三天才讓牠完全招供，透露所有情報，然後讓教授好好將牠解剖。」不二滿不在乎地說。

「上次能切開一隻雄性，今天能切開一隻雌性，而且還是妊娠個體，真走運。我當天決定跳槽到這小組織實在太正確了。」教授將剛哥的頭顱移走，放回架子上。

「不、不是真的……」荻純雙目失神，自言自語，「那才不是剛哥，那是假的，是黏土模型……」

「教授，我沒有問題要問她，上次從田剛身上已獲得充足的情報了。」不二向教授說，「你可以塞住她的嘴巴再慢慢處理。」

「何須多此一舉？我倒不怕吵。」教授一邊穿上手術袍一邊笑著說。

「那不是剛哥……絕對不是……」

「開始錄音。」助手說罷按下解剖台旁邊一台電腦上的按鍵，教授再瞧了瞧從天花板懸吊下來的麥克風，戴上透明面罩。

「蟲族解剖實驗，編號A005。」教授以平穩的語氣說，「實驗體，雌性，二十六歲，懷孕約五至六個月。本次解剖目的為確認雌性蟲族妊娠期間的內生殖器官與哺乳類的有何異同，並且摘取胚胎以作更深入的研究。」

教授接過助手遞上的手術刀，俐落地在荻純腹部下方橫切一下。

「啊啊啊！」

荻純發出淒厲的慘叫，四肢不斷扭動，可是皮帶綁得緊，任她如何掙扎，都無法影響教授繼續將她的肚皮切開。

「沒有麻醉？」黑石訝異地問。

「我們又不是要治療牠，為什麼要浪費麻醉藥？」不二聳聳肩，「你不妨欣賞一下教授的精妙手法吧，怪物的癒合能力高，所以教授下刀必須快、狠、準，就像那些表演鮪魚解體秀的師傅一樣技藝高超……」

黑石看著教授切開荻純的皮膚，翻開一層層筋膜與腹膜，然後暴露出紫色的內臟，他放在大腿上的手卻愈握愈緊，幾乎要捏出血來。荻純不斷發出痛苦的呼喊，一開始還夾雜著咒罵，但隨著教授下刀愈深，她的叫聲愈弱，最後變成語意不清的哀求，以及無力的嗚咽。

「求……求你……我……你……你對我怎麼樣也無所謂……不要……不要……但不要殺我的孩子……我和剛哥的孩子……」

然而無論荻純如何乞求，教授置若罔聞，只是掛著愉快的笑容一邊用手翻弄著荻純血淋淋的內臟，一邊朝麥克風說著觀察報告。就在他滿足了檢視過程，徒手抽出那個小小的胎兒時，荻純已奄奄一息，瞥見滿身血污、仍未長成完整人形的孩子被教授毫不憐憫地從自己體內扯出、再剪掉臍帶的一刻，她終於昏死過去。

黑石無法理解自己這時的情緒。他親眼目睹荻純殺害宏志，見過泉那慘酷的殘骸，有那麼一刻他恨不得親手將這女人——這雌性怪物打成肉醬，但如今看到荻純流著跟自己一樣顏色的血，在解剖台上展現母性，黑石彷彿覺得自己和對方不過是一丘之貉，什麼人性、道德、善惡統統都是屁話，世界的真實面就是殺戮與被殺戮，不想被消滅就要先消滅對手。

他一直以為自己在黑道已熟悉這道理，但現在他發現，自己對這道理的理解不過是皮裡膜外，就像小孩子玩家家酒。江湖尚且盜亦有道，但黑石現在直面的，是比唯物主義更殘酷無情的答案，是只有征服者才能存活的世界真相。

「現在進行額外解剖，檢查妊娠體的循環系統、神經系統以及小腦裡的器官X，與雄性的作比較……」

「教授還打算慢慢享受，我們先到外面談正事吧。」不二對黑石說。他沒等候黑石回答，已推著輪椅離開解剖廳。

離開時，黑石腦海裡仍殘留著那一幕——荻純臉色蒼白，下腹被剖開，露出血紅色的一大片，鮮血沿著解剖台邊緣留向排水口。那天他、宏志和泉在安全屋跟荻純碰面，眾人為她被居心不良的黑道逼迫而不忿的一刻，恍若是久遠且不真實的夢境。

不二、醫生和黑石回到研究室書架前，不二讓輪椅靠在一邊，自己挪過一張椅子，坐在黑石正對面。

「黑石先生，現在你知道了這個世界的真相，見過那些怪物，明白到我們的理念和能力，你有什麼感想？」

「感想？我的感想重要嗎？」黑石無奈地反問。

「當然重要，因為我們很希望你加入，成為我們的一分子。」

黑石對不二這個要求感到意外，但細想一下，假如對方不是有這願望，根本不用告訴自己那麼多的資料，讓他看荻純被解剖。

「你……想我幫助你們，抗衡混進黑道的蟲族？」

「對。」不二自信滿滿地說，「假如是我以前從屬的組織，一定不會有這種提議——他們老玩著祕密結社那種八股把戲，邀請新成員加入前必定做了詳細的背景調查，又要舊成員保薦，再開十個八個會議審批，但就是因為這些繁瑣的程序才無法徹底打贏這場仗。這時代講求速度、效率！去中心化才有未來！就像醫生的行動，我都不加干涉。既然你能和敵對的警方合作，那我想我的提議值得考慮吧？」

黑石對不二直指自己和警方合作有點驚訝，但回心一想對方一定有檢查過安全屋和宏志的遺物，加上剛才他和荻純的對質，精明如不二才不會沒發現這祕密。

「黑道裡有多少怪物潛伏？」黑石問。

「你答應加入的話我自然能提供情報，現在請容我賣一下關子……」不二嘴角微揚，「不過我可以告訴你，黑道四大巨頭裡也有蟲族。」

黑石倒抽一口涼氣。他想起不久前在大會上見過的充爺。

沒有道理不加入吧——黑石心想。那些怪物是人類公敵，即使不談私仇，他也有充分理由投身這場地下戰爭，現在細想一下，不曉得他所管轄的東區裡，有多少椿失蹤案是這些怪物的犯行，有多少個像阿龜那種出身貧寒的手足是因為家人被蟲族吃掉而幾乎走上絕路。

然而他無法爽快地說一個「好」字。

「第四起案子裡，醫生錯認那女傭是莜純，但當天還有一個管理員被殺，那是醫生動手的嗎？」

「嗯。」醫生點點頭。

「為什麼要殺他？」

「即使我從田剛身上拿到門鑰匙，不幹掉他我就無法偷偷潛入那寓所。」

黑石對醫生那平淡的回應感到不快。

「你在廣場發現一課時，為什麼把瓦斯桶丟向人群，製造災難？」

「因為那是唯一讓我全身而退的方法。」醫生理所當然地回答。

「你們不是為了守護人類才跟怪物對抗嗎？為了達成這目的，可以犧牲那些該被你們保護的無辜者？」

「那只是逼不得已。」不二嘗試安撫黑石，插嘴說，「這是為了大義！在戰爭中總難避免出現『附帶傷害』。假如醫生被一課抓住，他來不及服毒自殺，那些怪物便會利用蟲子控制他，獲得寶貴的情報……從參與這場戰爭開始，我們已有下地獄的覺悟。醫生他本來是個很善良的診所大夫，但他的太太和女兒被蟲族所殺，他才會變得如此冷酷無情。那些怪物是主犯，但其實任由牠們橫行的大眾也是共犯啊！這個充滿享樂主義、只講利益不講正義的社會，正好給那些怪物提供最好的環境去殘害我們。世上沒有無辜者！我們每一個人都雙手染血！為了追求人類最大的福祉，少量犧牲在所難免。」

這段激昂的宣言乍聽下令黑石心裡有點共鳴，尤其他很清楚這社會如何不公，身為黑道的自己又何嘗不是「逼不得已」，選擇偏離正道的手段來為被視為社會渣滓的一群爭取生存空間；但他也因此了解到這種表面光彩的話有什麼謬誤，明白背後的實際矛盾。

「不，那只是自欺欺人的藉口。」黑石搖搖頭，平心靜氣地回答，「因為你的說法就等同說人類不值得拯救，這和你們的最終目的根本矛盾……你們從來不在意保護旁人，為的只是拿著『大義』這招牌來為自己的仇恨背書。我是個重視利益的黑道，但黑道世界還有一絲道義，而你們卻連這一丁點的情理都拋棄了。我的格言是『局外人可以網開一面』，車站廣場裡受傷、死亡的局外人是無辜的，你們沒有權利去判決他們有沒有縱容蟲族的責任。」

「我不介意你對我們做出指責，」不二沒有動氣，更伸手攔住似乎想反駁的醫生，「就如我所說，我們是一個去中心化的組織，你有任何看法是你的自由，只要我們能殲滅蟲族就好，我甚至希望你能夠貫徹你的理念，以最少犧牲者的方法打這一場仗。我再問你一次，你願意加入我們嗎？」

「假如我拒絕，會有什麼下場？」

「沒有，你以為我會叫教授將你解剖嗎？」不二吃吃地笑，「他對解剖人類沒興趣。當然，我們讓你就此回去也十分教人為難，我們會期待你能先透露任何有用的情報給我們，另外補償我們一筆小小的治療腿傷費用。為保險起見，我希望你先留在我們為你設置的特殊居所一段日子，待目前那緊繃的戰況稍放鬆，再讓你回到東區，繼續當你的角頭。」

也就是說要先吐出我所知的一切黑道資訊、再付一筆不菲的金額，兼且被禁錮至少幾個月才能放我吧——黑石聽得出不二弦外之音。不過，他了解這刻他只有兩個選擇，一是順從對方加入組織，一是被他們關上一段時間，和外界失聯。

兩個都不是好答案。

「你是聰明人，應該不會選錯答案的。」不二看到黑石沒回答，再加一把勁慫恿對方，「我真的很重視你的能力，光是身手已是頂級，還有厲害的頭腦和調查技巧，你加入一定能保護到更多無辜的生命……」

「我有什麼調查技巧？」黑石反問。他心想自己不過是差遣小弟翻查舊報紙，不見得有什麼「技巧」可言。

「你懂得從警方戶口組偷取那些懷孕怪物的檔案，還親自到各個現場拍攝環境尋找線索，留意到醫生行動的細節和留下的痕跡，這便證明你是個智勇俱全的人才……」

「檔案？什麼檔……啊，你看過我車上那個相機袋？」

不二朝研究室另一邊指了指，黑石看到裕行的相機袋放在一張桌子上，裡面的相機和文件都掏了出來，擱在旁邊。

「我們看過相機裡的照片了，你有利用各案件附近的大樓頂樓從高往下拍攝吧。那的確是判斷醫生獵殺怪物和棄屍途徑的好方法，而且你還留意到很多一般人會錯過的細節，醫生看到某張你以微距拍攝的路邊鈕釦照片，才發現原來那是他在行動中丟失的……」

「等等，那不是我的相機。」

「哦？是你的搭檔的嗎？那兩個不幸被殺的警官之一？」

「不，我說過四年前一課放過了連續殺人案的真凶，讓無辜者頂罪吧。我追查到真正犯人的身分，在車站南口幾乎抓住那怪物，可惜被他逃跑了，只拿到他遺留下的那個相機袋……」

黑石話音剛落，不二和醫生立即眉頭緊皺，望向放在桌上的相機。

「不好。」不二從椅子站起來，對醫生說，「通知教授準備撤退。」

醫生步往解剖室，黑石便向不二問：「怎麼了？」

「牠們可能比我想像中精明，掌握更多情報。」不二按下身旁桌上的分機電話按鈕，「阿達，外面的監視器有沒有異樣？」

黑石猜阿達是那個配備衝鋒槍的警衛，然而電話沒有傳來回應。

「阿達？」不二再按下按鈕，拾起話筒，黑石則稍稍移過身子，瞧向玻璃門的方向。他看到門後的工作站上警衛的背影，對方和之前一樣坐在座椅上，盯著監視器螢幕。

然而那警衛緩緩站起，稍微轉身，舉起左手指向他和不二所在的位置。

不二跟黑石一樣留意到門外的異樣，他一臉疑惑地望向玻璃門後，正想到前廳查看，那邊卻傳來一下清脆的響聲。

「咚。」

電梯到達樓層的聲音。

電梯門打開的瞬間，急促雜亂的腳步聲湧至，不二立即轉身往解剖室跑去，黑石也察覺危險，從輪椅上勉力站起。他覺得身上的麻醉藥效已消退不少，雖然四肢仍充斥無力感，但他小腿上的疼痛反而令他抓回雙腿的感覺，能一拐一拐往前走。

在黑石拖著跛足站起的前一刻，他看到了——從電梯走出來的，是幾個穿著防彈背心、手握槍枝的男人。他認得其中一人，幾個鐘頭前對方正拿著掃帚，在同一個位置打掃著不存在的垃圾。

是刑事一課。

不二和醫生衝進解剖室，仍在切割荻純內臟的教授嚇了一跳，不二關門前黑石趕至，及時閃身進內。

「怪物入侵！全員戰鬥戒備！」不二焦躁地大喊。教授和他三個助手愣在解剖台前，不知道該放下刀，還是將短小的手術刀當成武器。他們從來只是後勤成員，不像醫生或不二擁有跟怪物戰鬥的經驗。

「該死，武器庫在另一邊……」不二從腰間拔出一柄半自動手槍。

「這、這兒是地下第五層，電梯無法從地面操作，牠們怎可能有辦法入侵？」手術袍上染滿血跡的教授走近不二，緊張地問。

「不知道，但現在別管這些！有什麼化學藥劑能阻擋牠們的，統統拿來！」不二氣急敗壞地嚷道。

「這裡有麻醉劑，但沒有合用的槍和子彈……」

「這兒有後門嗎？」黑石問。

「沒有！樓梯早堵死了！」不二臉上失去先前的餘裕，神色慌張地說，「這基地的位置不可能洩漏，更何況攻進這兒之前，牠們要先突破地上三重防衛，不可能完全沒驚動我們而直達——」

「轟！」

解剖室大門的爆炸打斷了不二的話，他立即舉槍迎向門外，但裂開的門板後不見半個人影。

「乒乓……」

一個黑色圓筒狀的物件從門的破口掉進來，在地上滾動了幾公尺。

「手榴——」

「砰！」

強烈的閃光和震耳欲聾的巨響同時爆發，黑石頓時失去視覺和聽覺，一時間天旋地轉，彷彿整個人被丟進混凝土車的攪拌筒裡。在暈眩中他感覺自己被粗暴地按倒在地上，雙手被縛，嘴巴給塞了什麼無法合上。他花了好一段時間才想到那不是手榴彈而是閃光彈，差不多一分鐘後他的五感漸漸恢復，然而他卻有股錯覺，以為已經過了快十分鐘，甚至是更長的時間。

當他能睜眼看清楚情況時，他只看到絕望的景象——不二、醫生和教授等等，已被一課刑警鎮壓，和自己一樣給壓在地上，雙手被束帶綑綁，嘴巴以布條塞住。他的聽覺也漸漸回復，聽到外面傳來哀號和尖叫，最後歸於沉寂。他想起那個埋首敲鍵盤的男子，以及在進行某種化學實驗的中年婦人，估計他們不是被殺，也會淪落至和他一樣的處境。

「組長，已確認所有人被制伏。」

黑石聞言抬頭，看到泰士走進解剖室。他掃視四周一遍，視線最後落在解剖台上。看到荻純被解體一半的殘骸，泰士略略皺眉，再將視線轉到被制伏的不二身上。

「你就是這組織的領袖？想不到你們居然把基地隱藏在我的母校校園裡，你是因為知道我的過去所以故意的吧。我太大意了。」泰士以平緩的語氣說，「既然我們彼此知道對方的身分，我就不用多說，你也知道你有何下場。我會好好榨乾你所知道的一切才讓你死的。」

不二掙扎著，企圖說什麼，但泰士沒有讓部下解開不二口中的布條。泰士再將視線移到黑石身上，凝視數秒，再回頭說：「嗨，這傢伙就是你說的那個嗎？」

「是。」

黑石循著聲音來源一看，背脊立時寒毛直豎——剛走進室內的人，正是裕行。

「要不是你多管閒事，宏志也不會死吧。」泰士對黑石嘆了一句，「明明繼續查黑道就好，幹嘛插手一課的工作範圍呢？唉。」

裕行沒有要對付一課——黑石此刻才想起當初那個錯誤的推論，更發現自己大意，被不二和醫生提供的驚人真相震懾，完全忘了潛藏的危機。他和宏志以為裕行是指使鬍鬚男——即是醫生——殺害孕婦為一課添麻煩，但既然被殺的是蟲族，醫生就不可能和怪物裕行合作，裕行便成為事件中一片多餘的拼圖。

裕行不是事件的當事者之一，但他事後不斷出現在案發地點，答案就只有一個。

他和同樣到現場蒐證的宏志及黑石一樣，是多管閒事、插手調查的局外人。

只是裕行所站的立場是在蟲族上。

「這些傢伙的基地竟然有這種規模，看來要好好調查他們的資金來源。」

黑石聞言轉頭望向門口，只見一個年約六十多歲、穿整齊西裝的白髮老翁走進解剖室。他覺得自己曾在某處見過對方，但一時想不起來；而老翁瞧見解剖台上已死的荻純，臉上流露失望的神色，往屍體筆直走過去，邊走邊搖頭。

「唉，這又何苦呢？妳要是知道有這種結局，我想妳寧願接受我當天的條件，讓我好好照顧妳吧……」

「組……局長，讓您大半夜來前線監督行動，辛苦您了。」

「阿泰，你說什麼傻話。」老翁笑了笑，拍了拍泰士肩膀，「我以前坐你位置的時候也一樣老是要半夜行動，難得今天重溫一下昔日的威風，我求之不得。」

黑石終於記得老翁是誰。這老人便是一課的前任組長，現任治安管理局局長。

「難得這回一網打盡，而且成功生擒這些『恐怖分子』，實在是大大的功勞。」局長走到裕行身旁，「你便是那個『異子』裕行吧？阿泰很欣賞你，可惜你不願意待在一課，這次的事件便證明這的確是你的天職嘛。不過不要緊，年輕人來日方長，總有一天你會回心轉意，到時我或阿泰一定好好安排。」

「謝……謝。」裕行像是不擅長應對，只簡單道謝。

「阿鐵你要虛心跟組長學習，別偷懶喔。」局長在離開前對壓制著不二的刑警說。黑石不曉得他們的關係，但看到那個叫阿鐵的刑警面露難色。

「好了，」泰士拍拍手示意所有部下留意，「這回要先問出情報，所以沒辦法一如以往在現場讓大家吃慰勞宴，我們要帶他們回去，大家先忍耐一下，之後讓瘦削的傢伙上法庭招認，肥美的留下來當菜餚就好。局長說大家這幾個月來辛苦了，他會額外安排好料宴請各位手足。」

黑石無法遏止內心的抖震。他知道面前這些怪物正以輕鬆的語氣談論著被抓住的他們的下場，而且他只能眼巴巴看著命運齒輪朝最壞的方向轉動。

「誰還有使魔可以用？」泰士向部下問道，其中幾人舉手。

「這幾個由我來吧。」裕行指著靠近自己的醫生、不二和黑石。

「你不是已經控制了地面那兩個……」

「遊刃有餘。」

裕行話音剛落，三條蟲子從他背後冒出，黑石再次面臨惡夢，可是這次他動彈不得，束手無策。蟲子飛到他面前，游進他的鼻孔，無論他如何閉氣搖頭，仍無法阻止魔蟲鑽進他的身體。

在他失去意識前，他彷彿看到自己的一生在眼前閃過。

他打倒過的對手、抱過的美女、照顧過的小弟、曾在道上生死繫於一線的各個瞬間，一一在他眼前掠過。

然後他想起宏志和泉。

最後想起大鵪。

——他當年被這些怪物控制前在想什麼呢？

黑石最後在腦海裡，殘留著這個可笑的疑問。

19

蟲Ⅳ・易則

裕行看著窗外拍岸的浪花，聽著海濤打在岩礁上有節奏的「啪唰、啪唰」聲，嗅著隨海風撲面的鹹味，思緒卻落在三個月前協助泰士突襲「V.Haven」基地的一夜。對一課而言那是一次極其成功的行動，一洗數月來的頹風，可謂吐氣揚眉，重新掙回「菁英部門」的金漆招牌；但對裕行來說，那一晚的行動只是讓這個充滿矛盾的地獄得以延續下去，他的族人繼續追求支配這個世界的願景，假裝有朝一日他們能主宰低等的人類，卻沒察覺一如人類社會，時代進步衍生出種種新問題，消滅一個人類的地下反抗組織，並不見得世界就會依照掌權者的劇本運行。

自從跟泰士疏遠後，裕行搬到鄰鎮海邊一棟小木屋居住。身為自由攝影師，他能彈性地選擇工作時間，縱然有時忙碌起來無法回家，不得不留在他的小貨車過夜，但他仍對這職業感到滿意，讓他可以暫時忘掉一切，將族人、使魔、支配者與被支配者等等雜事拋諸腦後。他曾想過遷居山上，畢竟他喜歡草原多於海邊，但山上生活花費較多，和市中心商業區等等距離較遠，考慮到實際條件，他只好選這條渺無人煙的海邊小村落腳。

半年前他收到泰士電話的一刻，沒想到事件會演變得這麼龐大，自己更泥足深陷，被迫干涉事情的發展。

「裕行，我們剛發生E04。」

那天早上，裕行被手機鈴聲吵醒，泰十劈頭第一句便如此說道。

裕行當時心想，一課發現族人失控吃人又不是新鮮事，不了解為什麼要特意告訴他。然而當泰士說明詳情，他才留意到對方說的不是「B04」而是「E04」。

泰士曾告訴過裕行一課有兩套涉及族人的暗號，一套是他熟知甚至身陷其中的B系列，另一套是他幾乎忘掉的E系──裕行不知道「B」代表「血族Bloodline」還是「同族手足Brotherhood」，但「E」就一定是「敵人Enemy」的縮寫。一課內部使用E01至E04來為事件的嚴重性分類：E01是發現知道他們一族底細的敵人，E02是族人和敵人發生正面衝突，E03是族人遭到敵人威脅、身分有曝光的危險，而E04則是最嚴重的麻煩，代表有同胞被敵人蓄意殺害。

「裕行你是萬中無一的異子，是我們的希望，這陣子小心一點，留意有沒有可疑的人接近……」泰士說。

「你現在在哪兒？」

裕行問這句時，他正在西區一個露天停車場內。當天他上午接了一個採訪的拍攝工作，而前一晚他為一個婚宴當攝影師，他就乾脆沒回家，在車裡過夜。當他得知死亡的孕婦被棄屍在附近的垃圾場，他便決定瞞著泰士，到現場觀察一下。

然後他看到了那慘酷的屍體。

裕行當然無法進入現場，他只站在封鎖線外裝作湊熱鬧的群眾，但他能放出使魔，利用這蟲子飛到現場，觀察和探聽情報。其他族人的使魔沒有完整的視覺和聽覺，假如裕行好好利用它，即使不控制他人也能掌握很多祕密，從中取利；然而裕行對這種卑鄙的行徑覺得不齒，他自覺若然他濫用這種技能，他只會變成泰士或阿鐵那種人，而他無法忍受自己在和美面前展現這非人的一面。

他一直覺得，他意識裡的和美成為了他的良知，是他這條卑劣蟲子僅餘的人性部分。

目睹那護理師的屍體後，他憶起慘死的和美和由美。他無法袖手旁觀，於是利用公餘時間調查。他留意著警方的緊急聯絡頻道，以及利用相熟記者的網路，甚至委託熟人偷取死者個人檔案，在接下來的兩次屍體發現事件中趕赴現場，暗中蒐證。

諷刺的是，裕行找不到太多關於犯人的線索，反而查出他們一族的不少內幕。

直到荻純在城南家中遇襲，一課也不知道前三名死者的關係，原因是安排她們懷上田剛孩子的人是和阿鐵父親不對盤的傢伙。裕行發現，掌權的族人表面上團結一心，骨子裡卻各懷鬼胎，派閥林立，每人都為自己的利益打算。泰士被蒙在鼓裡，就算連續三人被殺，一課亦沒被告知這個關鍵事實，即使預估荻純會是凶手的下一個目標，知情者也只安排了人類協助者擔任寓所管理員，沒有考慮過這次的對手不是隨便能解決掉的程度。

直到荻純躲過一劫，一課才獲告知四名孕婦的共通點。

由於女性族人天生的生育能力所限，權力者更加重視能否壟斷新生嬰孩，為自己的派系增加新力軍。在高層這是公開的祕密，但他們深明給一般族人知情的話，後果相當嚴重——就像原始的人類社會，雄性將雌性視作資產，假如知道自己的擇偶權、繁殖權被侵犯，雄性當然會反抗。

而性別問題亦同樣浮現。

泰士認為在人手不足下，讓女性擔任更重要的職位是理所當然的事，然而蟲族一樣有保守勢力，認定傳統的性別觀念才是一族該堅守的原則。年輕一代亦和人類相似，將年長者視作「不適應時代進步」的老古董，性別矛盾上還要加上世代紛爭。在黑石被裕行控制，徹底交代他所知的事情後，泰士才發現部下在報告中隱瞞了最重要的一句話。

——「管她的，她來個一屍兩命又與我們何干？」

泰士從來沒想過要犧牲荻純，他很清楚他們這種族在人類社會是少數派，產婦是最重要的戰力；但年輕的刑警沒有這種考量，他們眼中荻純不過是用來達成目的的工具。

而這句隨口胡謅的屁話，引發了其後失控的事件。

在荻純失蹤、高層派閥就事件暗中爭吵、一課手足無措之時，裕行反而綜合各條線索，找到了鬍鬚男的行蹤。他發現對方和某個從傳統人類祕密結社分拆出來的新組織有關，而人類管理員和女傭被殺，令他擔憂這組織的強硬作風會帶來更多的災難，而且是不分人類或蟲族都要面對的災難。

他找到鬍鬚男在城南工廠區的落腳點，密切監視，等候對方的上級現身，一課卻另外收到情報，打草驚蛇，使得鬍鬚男再次轉移陣地。對於該不該插手，裕行的心情相當矛盾，他知道自己可以簡單控制鬍鬚男，讓他供出背後組織的事，再將情報交給泰士，那對方一夥就肯定完蛋；可是，裕行一開始只是多管閒事，希望減少死傷者——不管是人還是他的同族——他不確定干預是否會破壞自己的原則。看著鬍鬚男離開巢穴，裕行便留下給泰士的字條，決定再觀望一下，期望有一個兩全其美的解決手段。

然而等著他的卻是兩敗俱傷的最壞結果。

裕行知道渾號醫生的鬍鬚男和那組織的領袖不二約在車站廣場碰面，幾經思索後，決定通知泰士，讓他逮捕兩人。他預期這是最少傷亡的做法，不二和鬍鬚男固然會慘死，但他們殺害三名孕婦和兩名人類是板上釘釘的事實，就當是他們的報應；裕行也預計他能夠制伏兩人，畢竟他能同時操控複數的使魔，不用和他人合作也能同時控制兩個目標，理應是手到拿來，小事一樁。

可是他就是料不到有第三者盯上自己。

他在車站發現自己被跟蹤後，無法理解對方是何方神聖，唯有改變策略，放棄盯梢，往車站南口引開敵人。跟黑石面對面時，他不知道這陌生壯漢有什麼目的，但估計不是鬍鬚男的同夥——裕行看對方毫不防避他使用使魔，甚至掄起雙拳準備對打，他便心想對方應該不清楚蟲族的事。直到再有一個像是刑警的傢伙突然趕至，舉槍喝令自己停手，他才察覺對方是衝著四年前他殺害和美一案而來。

裕行決定不再跟他們糾纏——他的心思在廣場那邊——於是跳橋離開。當然他很在意黑石和宏志的身分，所以他在躍過欄杆前留了一手。

他讓自己的一隻使魔躲在相機袋裡。

黑石之後的行動，裕行即使不在現場也瞭如指掌。縱使他無法透過躲在相機袋中深處的使魔看到環境，但從聲音也能獲得很多的資訊。不二擒住荻純後有打電話給醫生及其他同夥，裕行掌握到情況，可是他無法確知敵人的基地在哪，只能從蛛絲馬跡判斷在城南一帶。

不二將相機袋帶進祕密基地減少了裕行不少麻煩，他本來以為要冒險讓使魔躲在對方身上才能混入敵人的大本營。在黑石昏睡時，裕行利用使魔在基地裡尋找線索，確認地點。他這時已知悉醫生在廣場引發的災禍，阻止事情惡化的心念更堅定。

他想救回荻純。

裕行不是同情荻純，只是認為她肚裡的孩子是無辜的。不管不二或他的同伴跟荻純有什麼恩怨，沒出生的嬰孩才不該被迫捲進這種殘酷的現實。

可是他沒有來得及。

「V.Haven」的基地位於城南亞大校園醫學系大樓地底，那裡本來是放置大體的樓層，解剖室是教授向學生作解剖教學的講堂。基地地面有好幾道防衛措施，但不管安檢再嚴密，人永遠是最弱的一環；裕行花了點時間，控制了兩名落單的警衛，在不動聲色下解除那些警戒裝置。他本來沒打算親自處理，奈何一課因為廣場事件陷入大混亂，他無法及時聯絡上泰士，才硬著頭皮動手。到他成功通知泰士時，已是荻純被不二抓到基地幾個鐘頭之後。

裕行讓潛伏在基地裡的使魔鑽進操作電梯的警衛，便完成入侵的最後一個步驟。可是他沒想過不二沒有花時間拷問荻純，看到解剖台上荻純血肉模糊的屍體、置放在桌上那不成形的胎兒，裕行心裡緊揪，覺得一切皆是徒勞。

這的確是地獄，無限輪迴的地獄。

一般人對這事件的真相毫不知情。大眾只知道稱為「V客避風港」的抗爭組織被取締，公安課在刑事一課協力下揭發那些「恐怖分子」藏匿於大學校園，藏有危險的炸藥及武器，而被捕人士更和孕婦連續殺人事件以及東區車站廣場恐怖襲擊有關。相比起這則大新聞，刑事二課組長與女下屬利用警方安全屋幽會，因為瓦斯洩漏導致火災使二人喪命的意外便微不足道，除了二課的刑警外，沒有市民關心。

黑石消失後，東區黑道和數月前的城南一樣，勢力洗牌。阿六趁勢掠奪不少地盤，不過黑石的親信阿正勉強穩住局勢，維持一定的影響力。阿正深信黑石終有一天會回來主持大局，在那之前他必須盡力保住原有的江山——那個道上人人聞風喪膽、受萬人景仰的黑石哥，才不可能被殺人魔擊敗，遭遇不測。

「啪唰！」

一個大浪打上岸邊的巨岩，裕行緩緩關上窗子，拿起剛沖好的咖啡，離開窗前。

「我……在哪……是你！」

床上的男人睜開眼，在看到裕行的一刻，頓時陷入驚惶。

「你終於回復意識了嗎？」裕行坐在房間另一端的椅子上，「黑石先生。」

「你這怪物……」黑石仍感到迷迷糊糊，無法從床上坐起。

「嗯，我的確是怪物。」裕行平淡地啜了一口咖啡。

「你要拷問我嗎？還是要把我分屍再吃掉？」黑石咬牙切齒，像是要拚死一搏。

「要問你的早問過了。」裕行從椅子站起，將一面鏡子放在黑石面前。黑石看到滿臉鬍鬚的自己，才發覺自己「睡」了至少幾個星期，甚至幾個月。

「幹！你們這些怪物喜歡凌虐人類吧？在殺我之前讓我清醒過來？就像那變態女人，說控制了阿宏讓他協助殺死泉……媽的，你們這些混蛋……」

「我沒有這嗜好，也不打算殺你。」裕行坐回椅子。

「鬼才相信你！你到今天總共殺了多少人？吃過多少人？你這邪惡的怪物……」

「……我吃過很多人，但只殺過一個，而且到今天還是相當後悔。」裕行垂頭緩緩吐出心底話。

「哈，是讓你的同類殺來給你吃吧？那有什麼分別？」

「不，我吃的是屍體，那些病故或意外身亡的死者屍體。」

黑石對裕行的話感到不解，但他這時發覺，面前這青年的談吐舉止不像在撒謊。

「我啊，是被同族譏笑、鄙棄的蠢蛋。」裕行苦笑一下，想起阿鐵，「我們一族自古便有族人提倡與人類共存，就像你們人類的佛教徒一樣，堅持不殺生，可是我們不吃人肉便會精神失常，所以還是必須進食屍體。我的那些先祖們偷偷挖墳吃屍，但主張我們比人類優越的族人認為這是有失尊嚴的行為，於是將他們蔑稱為低賤的『食屍鬼』。」

裕行在數年前接受泰士指導時，認識了衛生福利部部長健司。比起泰士，裕行發覺自己跟健司更投緣，而不為人知的是，健司其實是個主張共存的異見者。他的確替族人處理過不少麻煩，用狡詐骯髒的手段掩蓋真相，矇騙人類；但他自己已有多年沒屠宰過人類，吃的全是殮房無名死者的肉。裕行後來願意再進食人肉，也是因為跟健司談過，接受由他暗中提供的屍體；然而裕行每次「用餐」仍然覺得痛苦，即使舌頭告訴他死嬰比成年死者美味、死去一天的屍體比死去一星期的來得可口，他還是會想起殺掉和美的一晚，內心湧出強烈的自我嫌惡。

「你想跟我說，你們可以跟我們共存？嘿！那其他人呢？不二呢？醫生呢？他們現在在哪兒？」

「全死了。」

四年前的戲碼再度上演，不二在法庭上承認所有罪行，然後在獄中自殺，而醫生則在押解往法院時意圖逃跑，死於警方槍下。其餘被一課抓住的成員，不是依類似手法解決，就是祕密地被吃掉。

「看！果然……貓哭耗子，還說你沒有殺人……」黑石臉上流露出苦澀。

「不二他們和我們一族結怨太深，我不得不將他們交給一課，任由他們處置。」

「就是殺害了孕婦，所以要以牙還牙，一命賠一命嗎？你們怪物死了四個人，但我們人類死的不止這個數目吧？」

「不止是孕婦。」裕行頓了頓，「我……一直以為我父母是交通意外死去的。」

「你在說什麼？」

「可是當我發現自己的身分後，我發覺這好奇怪——自癒能力超卓的我們，到底要遇上多嚴重的交通意外才會沒救呢？我之後才查出他們不是意外身亡，而是被謀殺。泰士的父母也是，殺害他們的就是『V.Haven』原本所屬的組織『凡赫辛』。我父母被殺時我只有六歲，難道因為我生於某種族，父母雙亡就是理所當然的嗎？這公平嗎？」

黑石啞口無言。

裕行一度想像過，假如自己父母沒有早逝，他很可能會在少年時期得知自己的身分，那就不會因為失控而誤殺和美；可是他亦想像到，說不定自己會變成阿鐵那樣子，隨意獵食看上眼的人類。他無法估計自己會走上哪條路，不過歷史沒有如果，他只能接受目前的環境，接受自己的命運。

「那……你為什麼沒殺我？」良久，黑石問道。

「我聽到你說的『那句話』。」

「『那句話』？」

「『局外人可以網開一面』。」

二人沉默。黑石感到雖然裕行與己為敵，但此刻彼此有著共識。

「你們殺掉不二之前，有讓他吐出所知的一切吧？」黑石問。

「嗯。」

「他有沒有透露黑道四巨頭裡誰是你們的人？」

「沒有，因為我們早就知道。在我們一族中，這是公開的祕密。」

「是充爺？」

「不，是充爺以外的三人。」

黑石大感意外。

「那充爺是你們的協助者嗎？」黑石記得不二提過，有人類願意協助蟲族，換取利益。

「不是。事實上我曾聽聞過，有人認為充爺是凡赫辛的金主之一，他是我們一族高層們的眼中釘。」

黑石至今終於理解充爺在黑道大會上發言的理由——他知悉不二他們的行動，所以禁止黑道幫倒忙。黑石憑此驚覺充爺很可能早就知道剛哥和荻純的異族身分，但這個老奸巨猾並沒有因此與剛哥為敵，反而繼續利用，透過他在城南賺錢。黑石心想，或許對充爺來說，蟲族或人類根本沒分別，他資助凡赫辛，很可能只是分散風險，利用不同陣營的影響力謀取最大利潤。

裕行看到黑石陷入沉思，猜想他在想黑道的事情，於是走到書架前，從書本中抽出一張駕照，拋到床上。

「這是我從朋友手中拿到的，這傢伙被我的同族吃了，但只被當成失蹤，你可以取代他用他的身分到其他地方生活。」

「我不能回東區？」黑石愣住。

「當然，一課以為我吃了你，你現身只會為你和我添麻煩。我可能會被怪責幾句，但他們不會讓知道那麼多內情的你繼續活著的。」

黑石呆然地盯著駕照，明白到他眼前沒有選擇。

當他打算伸手拾起駕照時，他感到一陣異樣。那股怪異的感覺遊走全身，而在他理解原因的瞬間，他腦袋一片空白，無法接受這殘酷的事實。

「抱歉，」裕行淡然地說，「我有辦法取得無名屍的殘骸，但難以瞞過替我清理進食現場的族人。還好你的紋身很獨特，一課的刑警再精明也不會懷疑我混進了其他屍塊……」

「哈……哈哈……哈哈哈！」

黑石渾身震顫，用右手抓住已經癒合的左邊斷臂，然後失控地大笑，視線卻沒有焦點，在空中游移。

裕行有想過，也許讓黑石死去，會比現在的結果來得仁慈。

可是他執意要黑石面對這樣的結局。

活著比死更困難，這是理所當然的。

唯有活著跨越種種痛苦，才是身處這個沒有救贖的地獄的生存之道。

是不論人還是蟲也得接受的生存之道。

〈魔蟲人間2．黑白　完〉

魔蟲人間 2・黑白

作　　者／陳浩基
企畫選書人／王雪莉
責 任 編 輯／何寧

版權行政暨數位業務專員／陳玉鈴
資深版權專員／許儀盈
行 銷 企 劃／陳姿億
行銷業務經理／李振東
總　編　輯／王雪莉
發　行　人／何飛鵬
法 律 顧 問／元禾法律事務所　王子文律師
出版／奇幻基地出版
城邦文化事業股份有限公司
台北市 104 民生東路二段 141 號 8 樓
電話：(02)25007008　傳眞：(02)25027676
網址：www.ffoundation.com.tw
e-mail：ffoundation@cite.com.tw
發行／英屬蓋曼群島商家庭傳媒股份有限公司城邦分公司
台北市 104 民生東路二段 141 號11 樓
書虫客服服務專線：(02)25007718・(02)25007719
24 小時傳眞服務：(02)25170999・(02)25001991
服務時間：週一至週五09:30-12:00・13:30-17:00
郵撥帳號：19863813　戶名：書虫股份有限公司
讀者服務信箱 E-mail：service@readingclub.com.tw
歡迎光臨城邦讀書花園 網址：www.cite.com.tw
香港發行所／城邦（香港）出版集團有限公司
香港灣仔駱克道 193 號東超商業中心 1 樓
電話：(852) 2508-6231 傳眞：(852) 2578-9337
馬新發行所／城邦（馬新）出版集團
【Cite (M) Sdn Bhd】
41, Jalan Radin Anum, Bandar Baru Sri Petaling,
57000 Kuala Lumpur, Malaysia.
Tel:(603)90563833 Fax:(603)90576622
Email:services@cite.my

封面設計／木木 Lin
排　　版／邵麗如
印　　刷／高典印刷有限公司
■2023年1月31日初版一刷

售價／380元

國家圖書館出版品預行編目資料

魔蟲人間 2・ 黑白 / 陳浩基著 . -- 初版 . -- 臺北市 : 奇幻基地出版 , 城邦文化事業股份有限公司出版 : 英屬蓋曼群島商家庭傳媒股份有限公司城邦分公司發行 , 2023.01
面 ; 公分 . –
ISBN 978-626-7210-13-0（第 2 冊 : 平裝）. --
ISBN 978-626-7210-14-7（全套 : 平裝）

857.81　　111020380

ISBN 978-626-7210-13-0
Printed in Taiwan.

※ 本故事內容純屬虛構，如有雷同，純屬巧合。

書號：1HO157　　書名：魔蠱人間 2．黑白

請於此處用膠水黏貼

奇幻基地

讀者回函卡

謝謝您購買我們出版的書籍！請費心填寫此回函卡，我們將不定期寄上城邦集團最新的出版訊息。

姓名：________________ 性別：☐男 ☐女

生日：西元________年________月________日

地址：________________

聯絡電話：________________傳真：________________

E-mail ：________________

學歷：☐1.小學 ☐2.國中 ☐3.高中 ☐4.大專 ☐5.研究所以上

職業：☐1.學生 ☐2.軍公教 ☐3.服務 ☐4.金融 ☐5.製造 ☐6.資訊

☐7.傳播 ☐8.自由業 ☐9.農漁牧 ☐10.家管 ☐11.退休

☐12.其他________________

您從何種方式得知本書消息？

☐1.書店 ☐2.網路 ☐3.報紙 ☐4.雜誌 ☐5.廣播 ☐6.電視

☐7.親友推薦 ☐8.其他________________

您通常以何種方式購書？

☐1.書店 ☐2.網路 ☐3.傳真訂購 ☐4.郵局劃撥 ☐5.其他

您購買本書的原因是（單選）

☐1.封面吸引人 ☐2.內容豐富 ☐3.價格合理

您喜歡以下哪一種類型的書籍？（可複選）

☐1.科幻 ☐2.魔法奇幻 ☐3.恐怖 ☐4.偵探推理

☐5.實用類型工具書籍

您是否為奇幻基地網站會員？

☐1.是☐2.否（若您非奇幻基地會員，歡迎您上網免費加入，可享有奇幻基地網站線上購書75 折，以及不定時優惠活動：http://www.ffoundation.com.tw/）

有更多想要分享給
我們的建議或心得嗎？
立即填寫電子回函卡

對我們的建議：________________

請於此處用膠水黏貼